Las obras de Roald Dahl no sólo ofrecen historias apasionantes...

Un 10% de los derechos de autor* de este libro se destina a financiar la labor de las organizaciones benéficas de Roald Dahl.

La Roald Dahl Foundation cuenta, por todo el Reino Unido, con enfermeros especializados en pediatría que atienden a niños con epilepsia, desórdenes sanguíneos y daño cerebral adquirido. La Fundación también proporciona ayuda económica a niños y jóvenes con problemas hematológicos, neurológicos y de alfabetización —cuestiones todas ellas cercanas a Roald Dahl a lo largo de su vida— por medio de donaciones destinadas a hospitales e instituciones benéficas del Reino Unido, así como a los propios niños y sus familias.

El Roald Dahl Museum and Story Centre tiene su sede en Great Missenden, localidad de Buckinghamshire cercana a Londres donde Roald Dahl residió y escribió muchas de sus obras. El museo, cuya intención es fomentar el amor por la lectura y la escritura, alberga el archivo único de cartas y manuscritos del autor. Además de dos galerías biográficas que ofrecen grandes dosis de diversión, el museo cuenta con un centro de relatos interactivo donde familias, profesores y alumnos pueden explorar el emocionante mundo de la creatividad literaria.

www.roalddahlfoundation.org

www.roalddahlmuseum.org

Roald Dahl Foundation (RDF)
es una organización benéfica registrada. Número 1004230.

Roald Dahl Museum and Story Centre (RDMSC)
es una organización benéfica registrada. Número 1085853.

Roald Dahl Charitable Trust, organización benéfica recientemente establecida, apoya la labor de RDF y RDMSC.

*Los derechos de autor donados son netos de comisiones.

ALFAGUARA

Texto original: *Charlie and the Great Glass Elevator*
© Del texto: 1973, Roald Dahl
www.roalddahl.com
© De las ilustraciones: 1983, Quentin Blake
© De la traducción: 1985, Maribel de Juan
© 1987, Altea, Taurus, Alfaguara, S.A.
© De esta edición:
2005, Santillana Ediciones Generales, S.L.
1993, Grupo Santillana de Ediciones, S.A.
Torrelaguna, 60. 28043 Madrid

ISBN: 978-8-42046-573-9

Diseño de la colección: Manuel Estrada
Editora: Marta Higueras Díez
Maquetación: Obdulia Zamora

Alfaguara es un sello del grupo **Santillana** que edita en:
España • Argentina • Bolivia • Brasil • Colombia
Costa Rica • Chile • Ecuador • El Salvador • EE.UU.
Guatemala • Honduras • México • Panamá • Paraguay
Perú • Portugal • Puerto Rico • República Dominicana
Uruguay • Venezuela

Printed in U.S.A.

Todos los derechos reservados. Esta publicación no puede ser reproducida, ni en todo ni en parte, ni registrada en, o transmitida por, un sistema de recuperación de información, en ninguna forma ni por ningún medio, sea mecánico, fotoquímico, electrónico, magnético, electroóptico, por fotocopia, o cualquier otro, sin el permiso previo por escrito de la editorial.

15 14 13 1 2 3 4 5 6 7 8 9

Charlie y el gran ascensor de cristal

Roald Dahl

Ilustraciones de Quentin Blake

Brazoria County Library System
401 E. Cedar Street
Angleton, Texas 77515

Para mis hijas Tessa, Ophelia, Lucy
y para mi ahijado Edmund Pollinger

El señor Wonka va demasiado lejos

La última vez que vimos a Charlie, este volaba por encima de su ciudad natal en el gran ascensor de cristal. Apenas un momento antes, el señor Wonka le había dicho que toda la gigantesca y fabulosa fábrica de chocolate era suya, y ahora nuestro pequeño amigo regresaba triunfante con toda su familia para hacerse cargo de ella. Los pasajeros del ascensor —para refrescaros la memoria— eran:

Charlie Bucket, nuestro héroe.

El señor Willy Wonka, fabricante de chocolate extraordinario.

El señor y la señora Bucket, los padres de Charlie.

El abuelo Joe y la abuela Josephine, los padres del señor Bucket.

El abuelo George y la abuela Georgina, los padres de la señora Bucket.

La abuela Josephine, la abuela Georgina y el abuelo George aún seguían en la cama, y esta había sido empujada a bordo un momento antes de despegar. El abuelo Joe, como recordaréis, se había levantado de la cama para acompañar a Charlie en su visita a la fábrica de chocolate.

El gran ascensor de cristal se hallaba a trescientos metros de altura, deslizándose suavemente. El cielo era de un brillante color azul. Todos los que iban a bordo estaban muy emocionados ante la idea de ir a vivir a la famosa fábrica de chocolate.

El abuelo Joe cantaba.

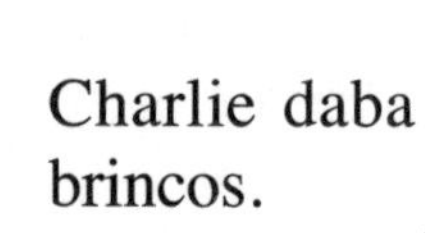

Charlie daba brincos.

El señor y la señora Bucket sonreían por primera vez en muchos años.

Y los tres ancianos en la cama se miraban sonriendo con sus rosadas encías desdentadas.

—¿Qué es lo que mantiene en el aire a este endemoniado aparato? —graznó la abuela Josephine.

—Señora —dijo el señor Wonka—, esto ya no es un ascensor. Los ascensores suben y bajan solo dentro de los edificios. Pero ahora que nos ha hecho subir hasta el cielo, se ha convertido en el GRAN ASCENSOR DE CRISTAL.

—¿Y qué es lo que lo mantiene en el aire? —preguntó la abuela Josephine.

—Ganchos celestiales —respondió el señor Wonka.

—Me asombra usted.

—Querida señora —dijo el señor Wonka—, todo esto es nuevo para usted. Cuando lleve un poco de tiempo con nosotros, nada le asombrará.

—Esos ganchos celestiales... —continuó la abuela Josephine—, supongo que dos de sus extremos están enganchados a este aparato, ¿verdad?

—Exacto.

—¿Y dónde están enganchados los otros dos extremos?

—Cada día me vuelvo más sordo. Por favor, recuérdenme que tengo que llamar a mi médico en cuanto volvamos.

—Charlie —dijo la abuela Josephine—, creo que no me fío demasiado de este caballero.

—Ni yo —añadió la abuela Georgina—. Es muy evasivo.

Charlie se inclinó sobre la cama y les susurró algo a las dos ancianas.

—Por favor, no lo arruinéis todo. El señor Wonka es un hombre fantástico. Es mi amigo. Yo le quiero.

—Charlie tiene razón —murmuró el abuelo Joe, uniéndose al grupo—. Cállate, Josie, y no nos crees problemas.

—¡Debemos darnos prisa! —exclamó el señor Wonka—. ¡Tenemos tanto tiempo y tan poco que hacer! ¡No! ¡Esperen! ¡Borren eso! ¡Denle la vuelta! ¡Gracias! Y ahora, ¡volvamos a la fábrica! —gritó, dando una palmada y saltando unos sesenta centímetros en el aire con ambos pies—. ¡Volvamos volando a la fábrica! Pero antes de bajar, debemos subir. ¡Debemos subir cada vez más arriba!

—¿Qué os dije? —les preguntó la abuela Josephine—. ¡Este hombre está loco!

—Cállate, Josie —el abuelo Joe la reprendió—. El señor Wonka sabe exactamente lo que está haciendo.

—¡Está más loco que una cabra! —exclamó la abuela Georgina.

—¡Tenemos que ir más alto! —el señor Wonka no paraba de gritar—. ¡Tenemos que ir mucho más alto! ¡Sujetaos el estómago! —Y apretó un botón marrón.

El ascensor se agitó convulsivamente y luego, con un tremendo sonido de succión, se elevó verticalmente como un cohete. Todos se aferraron los unos a los otros y, a medida que el inmenso aparato ganaba velocidad, el rugiente sonido del viento se hizo cada vez más fuerte y cada vez más ensordecedor, hasta que se convirtió en un agudo chillido, y todos se vieron obligados a gritar para hacerse oír.

—¡Deténgalo! —gritó la abuela Josephine—. ¡Joe, oblígale a detenerlo! ¡Quiero bajarme!

—¡Sálvanos! —chilló la abuela Georgina.

—¡Baje! —le ordenó el abuelo George.

—¡No, no! —el señor Wonka se negó—. ¡Tenemos que subir!

—Pero ¿por qué? —preguntaron todos a la vez—. ¿Por qué subir y no bajar?

—¡Porque cuanto más alto estemos cuando empecemos a bajar, más deprisa iremos cuando choquemos! Debemos ir echando chispas de rápidos cuando choquemos.

—¿Cuando choquemos contra qué? —gritaron todos.

—Contra la fábrica, por supuesto.

—¡Usted debe de estar trastornado! —añadió la abuela Josephine—. ¡Nos haremos pedazos!

—¡Nos estrellaremos como huevos! —dijo la abuela Georgina.

—Ese es un riesgo que tenemos que correr.

—Bromea usted —dijo la abuela Josephine—. Díganos que está bromeando.

—Señora, yo nunca bromeo.

—¡Oh, queridos! —gritó la abuela Georgina—. ¡Nos *lixiviaremos* todos y cada uno de nosotros!

—Es lo más seguro —dijo el señor Wonka.

La abuela Josephine dio un grito y desapareció debajo de las sábanas. La abuela Georgina se aferró tan fuertemente al abuelo George que este cambió de forma. El señor y la señora Bucket se abrazaron, mudos de miedo. Solo Charlie y el abuelo Joe mantuvieron moderadamente la calma. Conocían mucho mejor al señor Wonka y ya se habían acostumbrado a las sorpresas. Pero a medida que el gran ascensor seguía ascendiendo a toda velocidad, cada vez más lejos de la Tierra, hasta Charlie empezó a ponerse un poco nervioso.

—¡Señor Wonka! —gritó por encima del estruendo—. Lo que no comprendo es por qué tenemos que bajar a una velocidad tan tremenda.

—Mi querido muchacho, si no bajamos a una gran velocidad, jamás conseguiremos atravesar el tejado de la fábrica. No es fácil hacer un agujero en un tejado tan resistente como ese.

—Pero en el tejado ya hay un agujero. Lo hicimos al salir.

—Entonces haremos otro. Dos agujeros son mejor que uno. Cualquiera puede decírtelo.

El gran ascensor de cristal subía cada vez más alto, y no tardaron en ver los países y océanos de la Tierra extendiéndose debajo de ellos como un mapa. Era todo muy hermoso, pero cuando se está de pie en una plataforma de cristal, mirar hacia abajo puede resultar muy desagradable. Hasta Charlie empezaba a estar asustado. Agarró fuerte la mano del abuelo Joe y le miró con ansiedad.

—Tengo miedo, abuelo.

El abuelo Joe abrazó a Charlie y le estrechó contra sí.

—Yo también, Charlie.

—¡Señor Wonka! —gritó Charlie—. ¿No cree que ya hemos subido lo suficiente?

—Casi, casi. Pero no del todo. No me hablen ahora, por favor. No me molesten. Tengo que vigilarlo todo con mucha atención. Coordinación absoluta, muchacho, eso es lo que necesitamos. ¿Ves este botón verde? Debo apretarlo exactamente en el momento preciso. Si lo hago con un segundo de retraso, subiremos demasiado alto.

—¿Qué ocurre si subimos demasiado alto? —preguntó el abuelo Joe.

—¡Por favor, cállense y dejen que me concentre!

En ese momento la abuela Josephine sacó la cabeza de debajo de las sábanas y miró desde el borde de su cama. A través del suelo de cristal vio América muchísimos kilómetros más abajo, no más grande que un caramelo.

—Alguien tiene que detener a este maníaco —chilló, y con su arrugada mano, agarró al señor Wonka por la cola de su frac y le hizo caer sobre la cama.

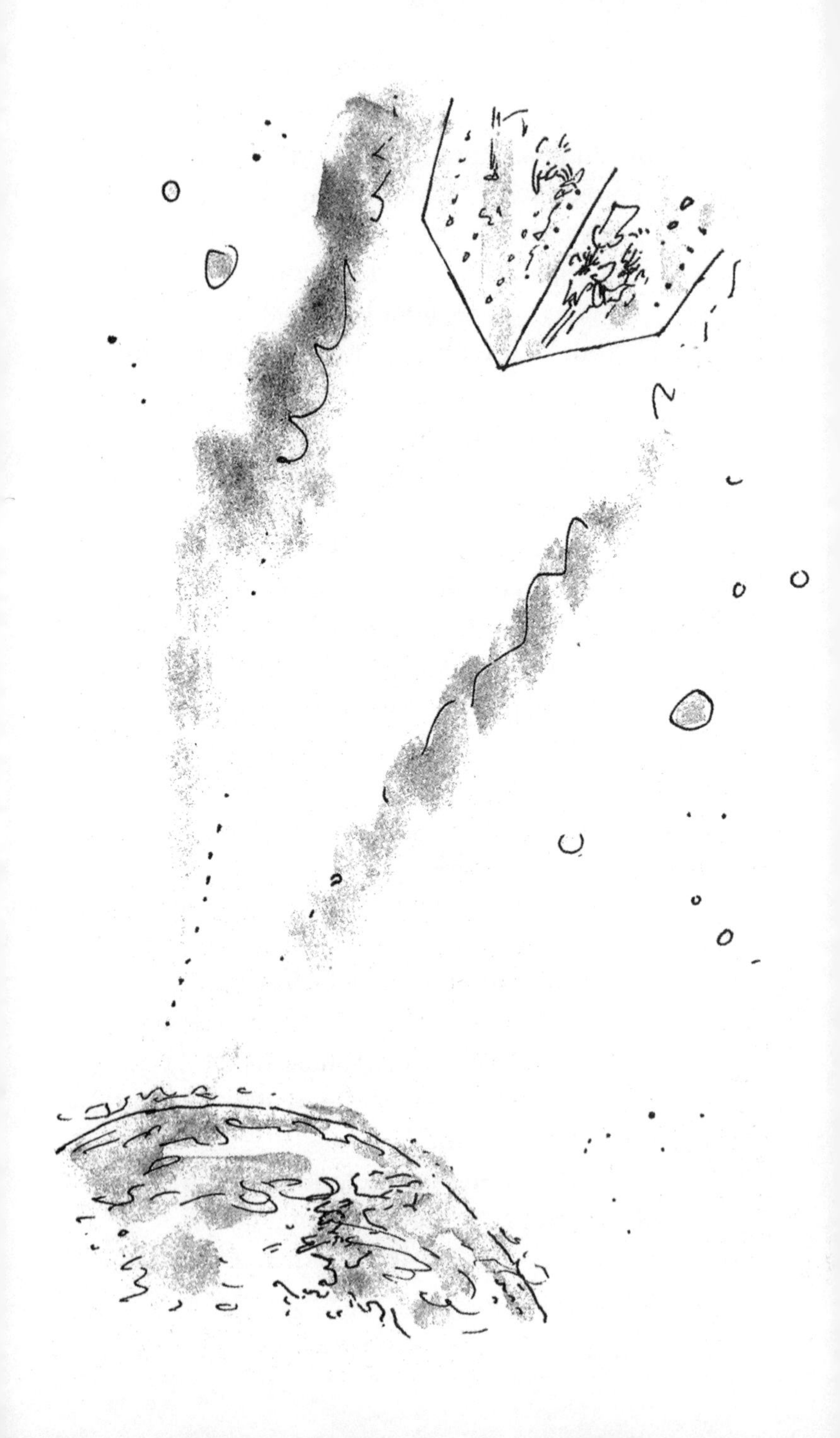

—¡No, no! —gritó este, luchando por liberarse—. ¡Suélteme! ¡Tengo cosas que hacer! ¡No moleste al piloto!

—¡Usted está loco! —chilló la abuela Josephine, sacudiendo tanto al señor Wonka que su cabeza se hizo borrosa—. ¡Llévenos a casa inmediatamente!

—¡Suélteme! ¡Tengo que apretar ese botón o subiremos demasiado! ¡Suélteme! ¡Suélteme!

Pero la abuela Josephine no lo soltó.

—¡Charlie! —gritó el señor Wonka—. ¡Aprieta el botón! ¡El verde! ¡Deprisa, deprisa!

Charlie dio un salto y apretó con todas sus fuerzas el botón verde. Pero al hacerlo el ascensor lanzó un poderoso gemido y se tumbó sobre un costado, y al ensordecedor sonido del viento le sucedió un silencio ominoso.

—¡Demasiado tarde! —gritó el señor Wonka—. ¡Oh, Dios mío, estamos listos!

Mientras hablaba, la cama, con los tres viejos dentro y el señor Wonka encima, se elevó suavemente del suelo y se quedó suspendida en el aire. Charlie, el abuelo Joe y el señor y la señora Bucket también empezaron a flotar hacia arriba, de modo que en menos que canta un gallo la familia completa, además de la cama, estaban suspendidos como globos de gas dentro del gran ascensor de cristal.

—¡Y ahora mire lo que ha hecho! —dijo flotando el señor Wonka.

—¿Qué ha pasado? —exclamó la abuela Josephine. Había salido flotando de la cama y se balanceaba en camisón cerca del techo.

—¿Hemos ido demasiado lejos? —preguntó Charlie.

—¿Demasiado lejos? —gritó el señor Wonka—. ¡Ya lo creo que hemos ido demasiado lejos! ¿Saben lo que ha pasado, amigos míos? ¡Hemos entrado en órbita!

Los demás se quedaron mirándole sin aliento. Estaban demasiado asombrados para hablar.

—En este momento estamos girando alrededor de la Tierra a diecisiete mil kilómetros por hora —dijo el señor Wonka—. ¿Qué les parece?

—¡Me ahogo! —gritó la abuela Georgina—. ¡No puedo respirar!

—Claro que no puede. Aquí no hay aire —se acercó, como nadando por debajo del techo, a un botón que decía OXÍGENO. Lo apretó—. Ahora ya no tendrán problemas. Respiren.

—Es una sensación muy extraña —dijo Charlie, nadando en derredor—. Me siento como una burbuja.

—¡Es fantástico! —exclamó el abuelo Joe—. Me siento como si no pesara nada.

—Así es —dijo el señor Wonka—. Ninguno de nosotros pesa nada. Ni siquiera una onza.

—¡Qué tontería! —dijo la abuela Georgina—. Yo peso setenta y dos quilos exactamente.

—Ahora no —le explicó el señor Wonka—. No pesa usted absolutamente nada.

Los tres ancianos, el abuelo George, la abuela Georgina y la abuela Josephine, intentaban desesperadamente volver a la cama, sin conseguirlo, ya que esta flotaba en el aire. Ellos, por supuesto, también flotaban, y cada vez que lograban ponerse encima de la cama e intentaban acostarse, simplemente se elevaban flotando. Charlie y el abuelo Joe se morían de risa.

—¿Dónde está el chiste? —preguntó enfadada la abuela Josephine.

—Por fin hemos conseguido que salgáis de la cama —se rió el abuelo Joe.

—¡Callaos y ayudadnos a volver! —ordenó la abuela Josephine.

—Olvídenlo —pidió el señor Wonka—. Nunca lo conseguirán. Confórmense con flotar.

—¡Este hombre está loco! —gritó la abuela Georgina—. ¡Tened cuidado, o nos *lixiviará* a todos!

Hotel Espacial USA

El gran ascensor de cristal del señor Wonka no era lo único que estaba orbitando la Tierra en ese preciso momento. Dos días antes, los Estados Unidos habían lanzado con éxito su primer hotel espacial, una gigantesca cápsula en forma de salchicha que medía no menos de trescientos metros de largo. Se llamaba Hotel Espacial USA, una maravilla de la era espacial. Dentro tenía una cancha de tenis, una piscina, un gimnasio, una sala de juegos para niños y quinientas habitaciones de lujo, cada una de ellas con su baño privado. El hotel gozaba de aire acondicionado en toda su extensión. También estaba equipado con un aparato que producía gravedad, de modo que allí dentro no se flotaba. Se podía caminar normalmente.

Este extraordinario objeto giraba ahora alrededor de la Tierra a una velocidad de doscientos cuarenta kilómetros. Los huéspedes subían y bajaban de allí por medio de un servicio de pequeñas cápsulas, proyectadas desde Cabo Kennedy cada hora de lunes a viernes. Pero hasta el momento no había nadie a bordo, ni siquiera un astronauta. Esto se debía a que nadie creía realmente que una cosa tan enorme llegara a elevarse del suelo sin estallar.

Pero el lanzamiento había sido un gran éxito, y ahora que el hotel espacial ya estaba en órbita había una gran actividad para enviar allí a los primeros huéspedes. Se rumoreaba que el presidente de Estados Unidos en persona iba a estar entre los primeros que residieran en el hotel, y, por supuesto, mucha gente en todo el mundo se apresuraba a reservar habitaciones. Varios reyes y reinas habían enviado telegramas a la Casa Blanca, en Washington, para efectuar sus reservas, y un millonario de Texas llamado Orson Cart, que estaba a punto de casarse con una estrella de Hollywood llamada Helen Highwater, ofrecía cien mil dólares al día por la suite nupcial.

Pero no se pueden enviar clientes a un hotel a menos que haya allí mucha gente para ocuparse de ellos, y esto explica por qué había otro interesante objeto orbitando la Tierra en aquel momento. Este era la enorme cápsula conmutadora que contenía al personal completo del Hotel Espacial USA. Allí había directores, ayudantes de directores, conserjes, camareras, botones, criadas, reposteros y porteros. La cápsula en que viajaban estaba dirigida por los tres famosos astronautas Shuckworth, Shanks y Showler, todos ellos guapos, inteligentes y valientes.

—Dentro de una hora exactamente —dijo Shuckworth, hablando a los pasajeros por el altavoz— nos acoplaremos con el Hotel Espacial USA, que será su hogar durante los próximos diez años. Y en cualquier momento a partir de ahora, si miran hacia delante, podrán distinguir esta magnífica nave espacial. ¡Ajá! ¡Ya veo algo! ¡Esta debe de ser, señores! ¡Sin duda, allí hay algo, justo delante de nosotros!

Shuckworth, Shanks y Showler, junto con los directores, ayudantes de directores, conserjes, camareras, botones, criadas, reposteros y porteros, miraron muy excitados por las ventanas. Shuckworth disparó un par de pequeños cohetes para hacer que la cápsula fuera más deprisa, y pronto estuvieron cerca del objeto.

—¡Eh! —advirtió Showler—. Ese no es nuestro hotel espacial.

—¡Santo cielo! —gritó Shanks—. En nombre de Nabucodonosor, ¿qué es eso?

—¡Rápido! ¡Dadme el telescopio! —ordenó Shuckworth. Con una mano enfocó el telescopio y con la otra hizo girar el botón que le conectaba con Control de Tierra.

—¡Llamando a Houston! —gritó por el micrófono—. Aquí arriba está ocurriendo algo extraño. Hay un objeto que está orbitando delante de nosotros, y no se parece a ninguna nave espacial que yo haya visto nunca, ¡puedo asegurárselo!

—Descríbanlo inmediatamente —ordenó Control de Tierra, en Houston.

—Es... es todo de cristal, tiene una forma cuadrada, ¡y está lleno de gente! ¡Todos están flotando como peces en una pecera!

—¿Cuántos astronautas a bordo?

—Ninguno. ¡Es imposible que sean astronautas!

—¿Por qué dice eso?

—¡Porque al menos tres de ellos están en camisón!

—¡No sea estúpido, Shuckworth! ¡Contrólese, hombre! ¡Esto es cosa seria!

—¡Se lo juro! ¡Tres de ellos llevan camisón! ¡Dos ancianas y un anciano! ¡Puedo verles claramente! ¡Caray, son más viejos que Moisés! ¡Deben de tener como noventa años!

—¡Usted se ha vuelto loco, Shuckworth! ¡Queda despedido! ¡Póngame con Shanks!

—Aquí Shanks. Escuchen bien, Houston. Podemos ver a tres viejos flotando dentro de esa absurda caja de cristal, y a un hombrecillo extraño con una barba puntiaguda que lleva un sombrero de copa negro y una chaqueta de terciopelo color ciruela, y pantalones verde botella...

—¡Basta! —cortó.

—Un momento —dijo Shanks—. También hay un niño de unos diez años.

—¡Ese no es un niño, idiota! —gritó Control de Tierra—. ¡Es un astronauta disfrazado! ¡Es un astronauta enano disfrazado de niño! ¡Y esos viejos también son astronautas! ¡Todos están disfrazados!

—Pero ¿quiénes son? —gritó Shanks.

—¿Cómo diablos vamos a saberlo? —dijo Control de Tierra—. ¿Se dirigen a nuestro hotel espacial?

—¡Allí es exactamente a donde se dirigen! Puedo distinguir el hotel espacial a una milla de distancia.

—¡Lo harán estallar! —gritó Control de Tierra—. ¡Esta es una situación desesperada! Esto es...

De pronto la comunicación se interrumpió y Shanks oyó una voz muy diferente en sus auriculares. Era profunda y carraspeante.

—Yo me encargaré de esto —dijo la voz profunda y carraspeante—. ¿Está usted allí, Shanks?

—Claro que estoy aquí. Pero ¿cómo se atreve a interrumpirnos? No meta sus narizotas en esto. De todos modos, ¿quién es usted?

—Soy el presidente de los Estados Unidos.

—Y yo soy el Mago de Oz. ¿A quién quiere engañar?

—¡Déjese de estupideces, Shanks! —gritó el presidente—. ¡Esto es una emergencia nacional!

—Dios santo —Shanks se volvió hacia sus compañeros—. Realmente es el presidente. ¡Es el presidente Gilligrass en persona! ¡Hola, señor presidente! ¿Cómo está usted?

—¿Cuántas personas hay en esa cápsula de cristal? —carraspeó el presidente.

—Ocho. Todas flotando.

—¿Flotando?

—Aquí estamos fuera de la influencia de la gravedad, señor presidente. Todo flota. Nosotros mismos estaríamos flotando. ¿No lo sabía?

—Claro que lo sabía. ¿Qué más puede decirme acerca de la cápsula de cristal?

—Hay una cama dentro. Una gran cama de matrimonio, y también está flotando.

—¿Una cama? ¿Quién ha oído hablar de una cama en una nave espacial?

—¡Le juro que es una cama!

—Usted debe de estar loco, Shanks. Loco de atar. ¡Déjeme hablar con Showler!

—Aquí Showler, señor presidente —Showler le quitó el micrófono de las manos a Shanks—. Es un gran honor hablar con usted, señor presidente.

—¡Oh, cállese! —dijo el presidente—. Limítese a decirme lo que ve.

—Pues sí, señor presidente, es una cama. Puedo verla con mi telescopio. Tiene sábanas, y mantas, y un colchón...

—¡Eso no es una cama, imbécil! —gritó el presidente—. ¿Es que no comprenden que se trata de una trampa? ¡Es una bomba! ¡Es una bomba que parece una cama! ¡Van a hacer estallar nuestro magnífico hotel espacial!

—¿Quiénes, señor presidente? —preguntó Showler.

—¡No hable tanto y déjeme pensar! —ordenó el presidente.

Hubo unos momentos de silencio. Showler esperó nerviosamente. Lo mismo hicieron Shanks y Shuckworth. Y también los directores, ayudantes de directores, conserjes, camareras, botones, criadas, reposteros y porteros. Y en el inmenso Centro de Controles, en Houston, cien controladores permanecieron inmóviles frente a sus diales y monitores, esperando las órdenes que el presidente iba a dar a los astronautas.

—Se me acaba de ocurrir una cosa —dijo el presidente—. ¿No tienen una cámara de televisión en la parte delantera de su nave espacial, Showler?

—Ya lo creo, señor presidente.

—¡Entonces enciéndala, zopenco, y deje que todos nosotros podamos ver ese objeto!

—No se me había ocurrido. No me extraña que sea usted el presidente. ¡Allá va!

Alargó una mano y puso en funcionamiento la cámara de televisión que había en la parte delantera de la nave, y en aquel momento quinientos millones de personas en todo el mundo, que habían estado escuchando la radio, corrieron a encender sus televisores.

En sus pantallas vieron exactamente lo mismo que Shuckworth, Shanks y Showler: una extraña caja de cristal en órbita alrededor de la Tierra, y dentro de la caja, no muy claramente visibles, pero visibles de todos modos, siete adultos y un niño pequeño y una gran cama de matrimonio, todos flotando. Tres adultos iban con las piernas descubiertas y llevaban camisón. Y a lo lejos, más allá de la caja de cristal, los espectadores pudieron ver la enorme y brillante silueta plateada del Hotel Espacial USA.

Pero todo el mundo estaba mirando a la siniestra caja de cristal y a su tripulación de siniestras criaturas —ocho astronautas tan fuertes y resistentes que ni siquiera necesitaban trajes espaciales—. ¿Quiénes eran y de dónde venían? Y, en nombre del cielo, ¿qué era ese objeto de aspecto aterrador camuflado como una cama de matrimonio? El presidente había dicho que era una bomba, y lo más probable era que tuviese razón. Pero ¿qué iban a hacer con ella? A lo largo de América, Canadá, Rusia, Japón, India, China, África, Inglaterra, Francia y Alemania, y en todo el resto del mundo, empezó a cundir el pánico entre los espectadores de televisión.

—¡Manténgase alejado de ellos, Showler! —ordenó el presidente a través de la radio.

—¡Ya lo creo que lo haré, señor presidente! —contestó Showler—. ¡Puede estar seguro!

El acoplamiento

Dentro del gran ascensor de cristal todos estaban muy emocionados. Charlie, el señor Wonka y todos los demás podían ver claramente la inmensa silueta plateada del Hotel Espacial USA aproximadamente a una milla de distancia. Y detrás de él estaba la cápsula conmutadora, más pequeña, pero así y todo bastante grande. El gran ascensor de cristal (que ahora no parecía nada grande comparado con estos dos monstruos) estaba en medio. Y, por supuesto, todos, incluyendo a la abuela Josephine, sabían muy bien lo que estaba ocurriendo. Hasta sabían que los tres astronautas a cargo de la cápsula conmutadora se llamaban Shuckworth, Shanks y Showler. El mundo entero estaba enterado de ello. Los periódicos y la televisión no habían hablado de otra cosa en los últimos seis meses. La Operación Hotel Espacial era el acontecimiento del siglo.

—¡Qué suerte hemos tenido! —gritó el señor Wonka—. ¡Nos hemos metido en medio de la operación espacial más importante de todos los tiempos!

—¡Donde nos hemos metido es en un buen lío! —intervino la abuela Josephine—. ¡Regresemos ahora mismo!

—No, abuela —dijo Charlie—. Ahora tenemos que quedarnos a verlo. ¡Tenemos que ver cómo la cápsula conmutadora se acopla al hotel espacial!

El señor Wonka se acercó flotando a Charlie.

—Vamos a adelantarnos, Charlie —susurró—. ¡Llegaremos allí antes que ellos y subiremos a bordo del hotel espacial!

Charlie le miró fijamente. Luego tragó saliva y habló en voz muy baja:

—Es imposible. Es necesario tener toda clase de aparatos especiales para acoplarse a una nave espacial, señor Wonka.

—Mi ascensor podría acoplarse a un cocodrilo si tuviera que hacerlo —dijo el señor Wonka—. Déjalo en mis manos, muchacho.

—¡Abuelo Joe! —gritó Charlie—. ¿Has oído eso? ¡Vamos a acoplarnos al hotel espacial y subir a bordo!

—¡Yiiipiii! ¡Qué idea más brillante, señor! ¡Qué idea más asombrosa!

Agarró la mano del señor Wonka y empezó a agitarla como si fuera un termómetro.

—¡Cállate, pedazo de loco! —le reprendió la abuela Josephine—. Ya tenemos bastantes problemas. ¡Yo quiero volver a casa!

—¡Yo también! —la secundó la abuela Georgina.

—¿Qué ocurrirá si deciden perseguirnos? —preguntó el señor Bucket, hablando por primera vez.

—¿Qué ocurrirá si nos capturan? —la señora Bucket parecía muy nerviosa.

—¿Qué ocurrirá si disparan contra nosotros? —dijo la abuela Georgina.

—¿Qué ocurriría si mi barba fuera de espinaca verde? ¡Estupideces y tonterías! Nunca llegarán a ninguna parte si empiezan a ponerle peros a todo. ¿Habría descubierto América Colón si hubiera dicho: «¿Qué ocurrirá si me hundo antes de llegar? ¿Qué ocurrirá si me encuentro con piratas? ¿Qué ocurrirá si no regreso nunca?». ¡Ni siquiera hubiera zarpado! No queremos aguafiestas aquí, ¿verdad, Charlie? ¡Allá vamos, entonces! Pero esperen... Esta es una maniobra muy difícil y voy a necesitar ayuda. Tenemos que apretar toda clase de botones en diferentes partes del ascensor. Yo me ocuparé de esos dos de allí, el blanco y el negro.

El señor Wonka lanzó un peculiar resoplido y se deslizó sin esfuerzo, como un enorme

pájaro, a través del ascensor, en dirección a los botones blanco y negro, y allí se quedó planeando.

—Abuelo Joe, hágame el favor de colocarse junto a ese botón plateado de allí... Sí, ese mismo. Y tú, Charlie, sube y mantente flotando junto a ese pequeño botón dorado del techo. Debo decirles que cada uno de estos botones dispara cohetes de propulsión desde diferentes lugares del exterior del ascensor. Así es como cambiamos de dirección. El cohete del abuelo Joe nos hace girar a estribor, a la derecha. El botón de Charlie nos hace girar a babor, a la izquierda. Los míos nos hacen ir más alto o más bajo, o más deprisa o más despacio. ¿Todo listo?

—¡No! ¡Espere! —gritó Charlie, que estaba flotando a medio camino entre el suelo y el techo—. ¿Cómo hago para subir? ¡No puedo subir hasta el techo!

Agitaba violentamente los brazos y las piernas, como un nadador que se está ahogando, pero no conseguía llegar a ninguna parte.

—Mi querido muchacho —dijo el señor Wonka—, no puedes nadar en este elemento. Esto no es agua, ¿sabes? Es aire, y un aire muy liviano, además. No puedes impulsarte. Tienes que valerte de la propulsión a chorro. Mírame. Primero tomas un profundo aliento, luego haces un pequeño círculo con tus labios y soplas con todas tus fuerzas. Si soplas hacia abajo, te impulsas hacia arriba. Si soplas hacia la izquierda, te impulsas hacia la derecha, y así sucesivamente. Maniobras tu cuerpo como si fuera una nave espacial, pero utilizando tu boca como cohete de propulsión.

De pronto todo el mundo empezó a practicar aquello de volar, y el ascensor entero se llenó con los soplidos y resoplidos de los pasajeros. La abuela Georgina, con su camisón de franela roja y las delgadas piernas asomándole por debajo, resoplaba y escupía como un rinoceronte, y volando de uno a otro lado del ascensor gritaba: «¡Fuera de mi camino! ¡Fuera de mi camino!», estrellándose contra el señor y la señora Bucket a gran velocidad. El abuelo George y la abuela Josephine hacían lo mismo. Y bien podrán preguntarse ustedes lo que pensarían los millones de personas en la Tierra al ver estos increíbles acontecimientos en sus pantallas de televisión. Deben saber que los espectadores no veían con mucha claridad. El gran ascensor de cristal sólo tenía el tamaño de un pomelo en sus pantallas, y la gente que viajaba dentro, ligeramente borrosa a través del cristal, no era más grande que la pepita de un pomelo. Aun así, los espectadores podían verles volar de un lado a otro como insectos en una caja de cristal.

—¿Qué demonios están haciendo? —gritó el presidente, mirando fijamente la pantalla.

—Parece una especie de danza de guerra, señor presidente —contestó el astronauta Showler por la radio.

—¿Quiere usted decir que son indios?

—Yo no he dicho eso, señor.

—Sí que lo ha dicho, Showler.

—No, no lo he dicho, señor presidente.

—¡Silencio! Me está usted confundiendo.

En el ascensor, el señor Wonka comenzó a decir:

—¡Por favor! ¡Por favor! ¡Dejen ya de volar! ¡Quédense quietos para que podamos seguir adelante con el atraque!

—¡Viejo miserable! —gritó la abuela Georgina, volando junto a él—. ¡Justo cuando empezamos a divertirnos un poco, nos dice que lo dejemos!

—¡Miradme, miradme todos! —pidió la abuela Josephine—. ¡Estoy volando! ¡Soy un águila dorada!

—¡Yo puedo volar más rápido que cualquiera de vosotros! —gritó el abuelo George, zumbando de un lado a otro con el camisón remontándose tras él como la cola de un loro.

—¡Abuelo George! —gritó Charlie—. Por favor, cálmate. Si no nos damos prisa, esos astronautas llegarán antes que nosotros. ¿Es que no queréis ver el interior del hotel espacial?

—¡Fuera de mi camino! —ordenaba la abuela Georgina, impulsándose de un lado a otro—. ¡Soy un avión Jumbo!

—¡Es usted una vieja loca! —le soltó el señor Wonka.

Por fin, los ancianos se quedaron sin aliento y todos se calmaron, manteniendo una posición de suspensión.

—¿Todo listo, Charlie y abuelo Joe? —preguntó el señor Wonka.

—Todo listo, señor Wonka —contestó Charlie, flotando cerca del techo.

—Yo daré las órdenes. Soy el piloto. No disparen sus cohetes hasta que yo lo diga. Y no olviden quién es quién. Charlie, tú eres babor. Abuelo Joe, usted es estribor.

El señor Wonka apretó uno de sus botones e inmediatamente los cohetes de propulsión empezaron a dispararse debajo del gran ascensor de cristal que dio un salto hacia delante, pero giró violentamente hacia la derecha.

—¡Todo a babor! —gritó el señor Wonka.

Charlie apretó su botón. Sus cohetes se dispararon. El ascensor volvió a su curso.

—¡Mantengan el rumbo! —gritó el señor Wonka—. ¡A estribor, diez grados!... ¡Adelante! ¡Siempre adelante! ¡Manténganlo allí!

Pronto estuvieron situados directamente debajo de la cola del enorme y plateado hotel espacial.

—¿Ven esa pequeña puerta cuadrada con tuercas? —dijo el señor Wonka—. Esa es la entrada de atraque. Ya no falta mucho. A babor una fracción... Eso es... Un poco a estribor... Bien... Bien... Cuidado... Ya estamos casi allí...

A Charlie le parecía encontrarse en un pequeñísimo bote a remo bajo la popa del transatlántico más grande del mundo. El hotel espacial se elevaba ante ellos. Era enorme. «No veo el momento —pensó Charlie— de entrar y ver cómo es».

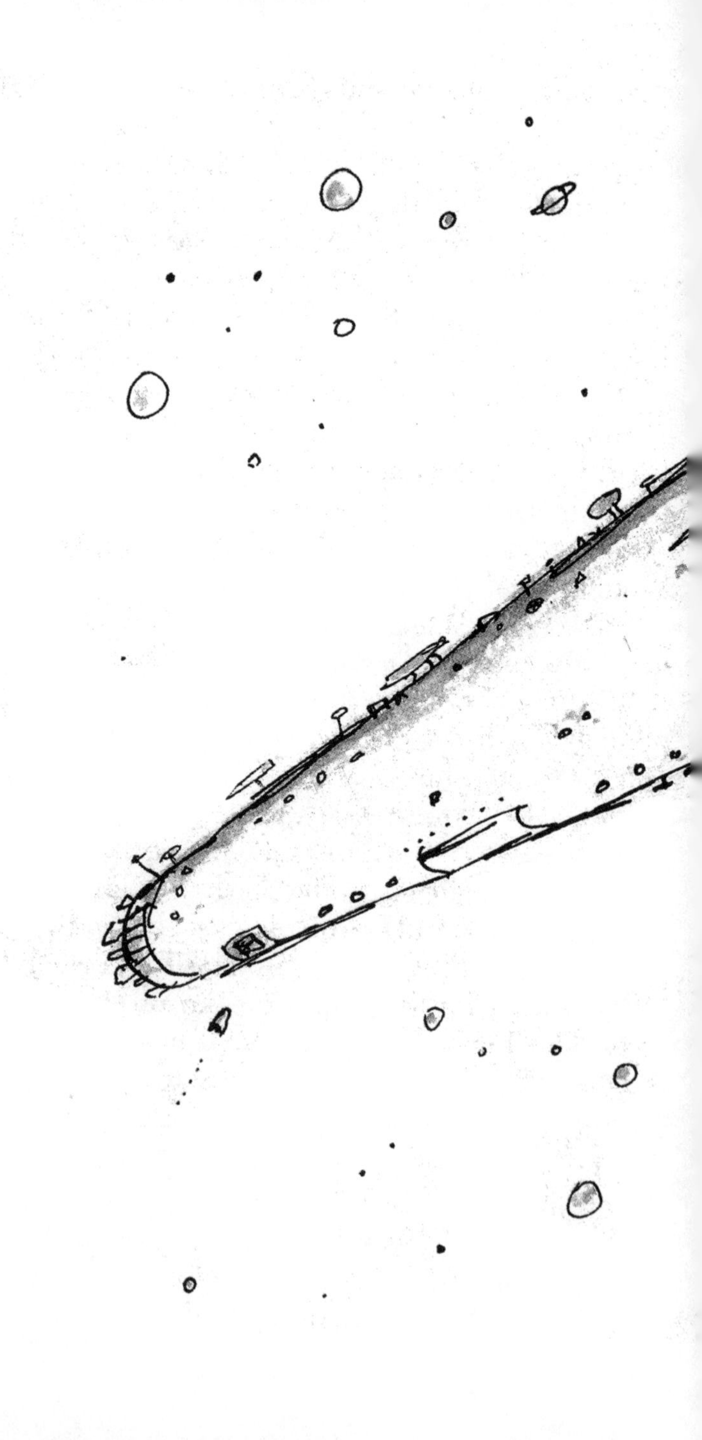

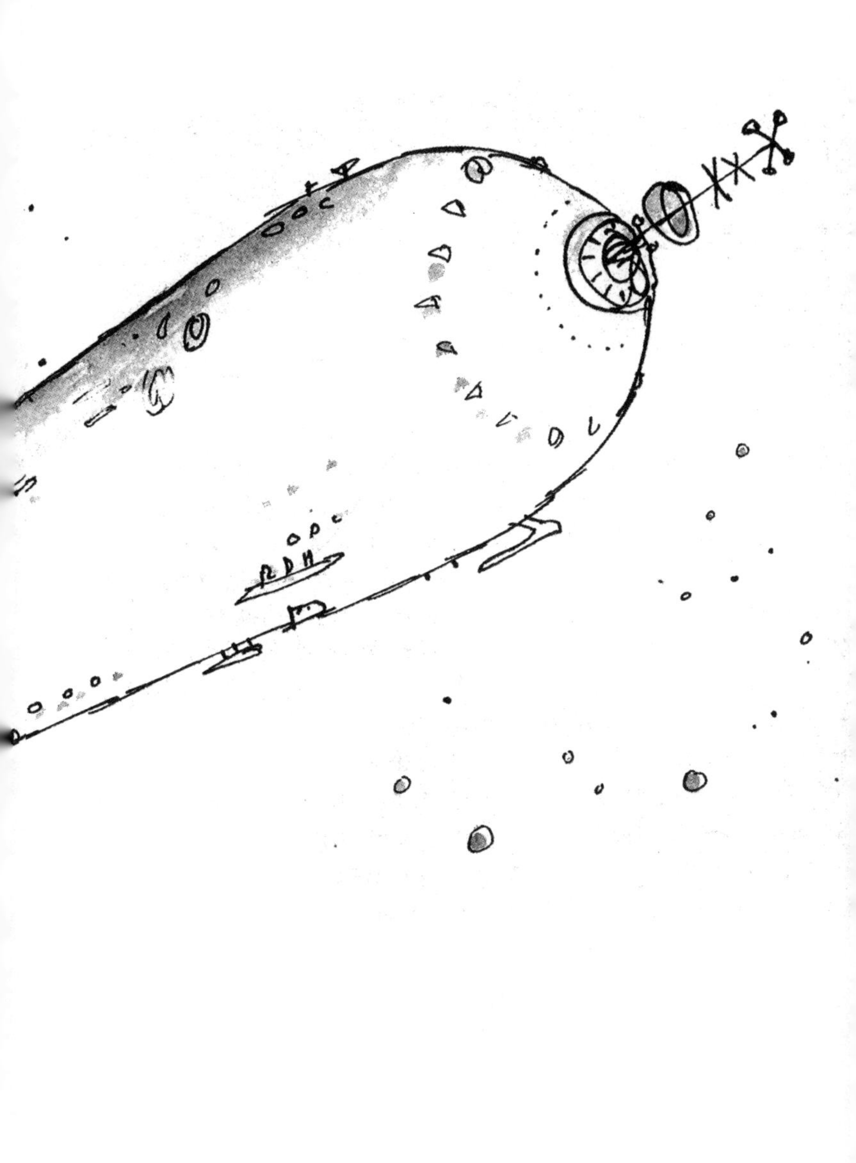

El presidente

Media milla detrás de ellos, Shuckworth, Shanks y Showler mantenían la cámara de televisión enfocando todo el tiempo al gran ascensor de cristal. Y, a lo largo del mundo, millones y millones de personas se agrupaban frente a sus televisores, observando nerviosamente el drama que se desarrollaba a doscientos cuarenta kilómetros de la Tierra. En su despacho de la Casa Blanca estaba sentado Lancelot R. Gilligrass, el presidente de los Estados Unidos de América, el hombre más poderoso de la Tierra. En este momento de crisis, sus consejeros más importantes habían sido llamados urgentemente a su presencia, y allí estaban todos ahora, siguiendo de cerca, por la gigantesca pantalla de televisión, cada uno de los movimientos que hacía aquella cápsula de cristal de peligroso aspecto y sus ocho astronautas desesperados. El gabinete completo estaba presente. El jefe del Ejército estaba allí, junto con otros cuatro generales. También se encontraba el comandante de la Marina y el comandante de las Fuerzas Aéreas, y un tragador de espadas de Afganistán, que era el mejor amigo del presidente. Estaba el principal consejero económico del presidente, quien, de pie en medio de la sala, intentaba equilibrar el presupuesto encima de su cabeza, aunque este se le caía todo el tiempo. Quien se hallaba más cerca del presidente era la vicepresidenta, una enorme señora de ochenta y nueve años con pelos en la barbilla. Había sido la niñera del presidente cuando este era pequeño, y se llamaba señorita Tibbs. La señorita Tibbs era el poder detrás del trono. No aguantaba bromas de nadie. Algunos decían que era tan estricta con el presidente como lo había sido cuando este era niño. Era el terror de la Casa Blanca, y hasta el director del FBI empezaba a sudar frío si la señorita Tibbs le mandaba llamar. Sólo el presidente podía llamarla Nanny. La famosa gata del presidente, la señora Taubsypuss, se hallaba también en la habitación.

Reinaba un silencio absoluto en el despacho del presidente. Todos los ojos estaban fijos en la pantalla de televisión, mientras el pequeño objeto de cristal, disparando sus cohetes de propulsión, se acercaba al gigantesco hotel espacial.

—¡Van a acoplarse! —exclamó el incrédulo presidente—. ¡Van a subir a bordo de nuestro hotel espacial!

—¡Van a hacerlo estallar! —gritó el jefe de las Fuerzas Armadas—. ¡Hagámosles estallar a ellos primero, *crash*, *bang*, *bum*, *bang*, *bang*, *bang*!

El jefe de las Fuerzas Armadas llevaba tantas cintas y medallas que estas cubrían completamente

ambos lados de su chaqueta y se extendían hasta los pantalones.

—Vamos, señor presidente —dijo—. ¡Hagamos unas cuantas explosiones!

—Silencio, tontaina —dijo la señorita Tibbs, y el jefe de las Fuerzas Armadas se retiró a un rincón.

—Escuchen —pidió el presidente—. La cuestión es esta. ¿Quiénes son? ¿Y de dónde vienen? ¿Dónde está mi jefe de Espías?

—Aquí estoy, señor presidente —dijo el jefe de Espías. Tenía un bigote falso, una barba falsa, pestañas falsas, dientes falsos y una voz de falsete.

—*Knock, knock* —dijo el presidente.

—¿Quién es? —preguntó el jefe de Espías.

—Hadescu.

—¿Hadescu qué?

—¿Ha descubierto ya a alguno? —insistió el presidente.

Se hizo un breve silencio.

—El presidente le ha hecho una pregunta —dijo la señorita Tibbs con voz helada—. ¿Ha descubierto ya a alguno?

—No, señora, todavía no —respondió el jefe de Espías, empezando a temblar.

—Bien, pues esta es su oportunidad —gruñó la señorita Tibbs.

—Exactamente —dijo el presidente—. Dígame ahora mismo quiénes son los que van dentro de esa cápsula de cristal.

—Ajá —dijo el jefe de los Espías, retorciéndose el bigote falso—. Esa es una pregunta muy difícil.

—¿Quiere decir que no lo sabe?

—Sí, lo sé, señor presidente. Al menos creo que lo sé. Escuche. Acabamos de inaugurar el mejor hotel del mundo, ¿verdad?

—Verdad.

—¿Y quién puede tener tanta envidia de este maravilloso hotel como para querer hacerlo estallar?

—La señorita Tibbs —contestó el presidente.

—No. Intente otra vez.

—Bueno —y pensándolo mucho respondió—: En ese caso, ¿no podría ser quizás otro propietario de hoteles que siente envidia de nuestro magnífico hotel?

—¡Brillante! —gritó el jefe de Espías—. ¡Siga, señor! ¡Va por buen camino!

—Es el señor Savoy —dijo el presidente.

—¡Caliente, caliente, señor presidente!

—¡El señor Ritz!

—¡Se quema, señor! ¡Se está quemando! ¡Siga!

—¡Ya lo tengo! ¡Es el señor Hilton!

—¡Muy bien, señor!

—¿Está seguro de que es él?

—Seguro, no, pero existe una gran posibilidad, señor presidente. Después de todo, el señor Hilton tiene hoteles en casi todos los países del mundo, pero no tiene uno en el espacio. Y nosotros sí. ¡Debe de estar hecho un tigre!

—¡Pues pronto arreglaremos esto! —exclamó el presidente, agarrando uno de los once teléfonos que había encima de su escritorio—. ¿Diga? ¡Diga, diga! ¿Dónde está la operadora?

Apretó furiosamente un botón para reclamar la operadora.

—Operadora, ¿dónde está?

—Ahora no te contestarán —dijo la señorita Tibbs—. Están todas viendo la televisión.

—¡Pues este sí que contestará! —y furioso agarró un teléfono rojo.

Esta era la línea de emergencia que comunicaba directamente con el primer ministro soviético en Moscú. Siempre estaba abierta y solo se utilizaba en caso de extrema urgencia.

—Es tan probable que sean los rusos como el señor Hilton —continuó el presidente—. ¿No estás de acuerdo, Nanny?

—Seguramente son los rusos —dijo la señorita Tibbs.

—El primer ministro Yugetoff al habla —se oyó desde el teléfono—. ¿Qué ocurre, señor presidente?

—*Knock, knock* —dijo el presidente.

—¿Quién es? —dijo el primer ministro soviético.

—Guerray.

—¿Guerray qué?

—*Guerra y Paz* de León Tolstoy —dijo el presidente—. Escúcheme, Yugetoff. ¡Retire a sus astronautas de nuestro hotel espacial inmediatamente! ¡De otro modo, me temo que tendrá que escuchar unas cuantas palabras mías, Yugetoff!

—Esos astronautas no son rusos, señor presidente.

—Miente —dijo la señorita Tibbs.

—Miente usted —dijo el presidente.

—No miento, señor —dijo el primer ministro Yugetoff—. ¿Ha examinado de cerca a esos astronautas en la caja de cristal? Yo no puedo verlos con demasiada claridad en la pantalla de mi televisor, pero uno de ellos, el pequeño de la barba puntiaguda y el sombrero de copa, tiene aspecto de ser chino. De hecho, me recuerda mucho a mi amigo el primer ministro de la China.

—¡Maldición! —gritó el presidente, colgando el teléfono rojo y tomando el auricular de un teléfono de porcelana.

El teléfono de porcelana comunicaba directamente con el presidente de la República China en Pekín.

—¿Diga, diga? —dijo el presidente.

—Pescadelía y veldulelía de Wing en Shangai —se oyó una vocecita lejana—. Al habla el señol Wing.

—¡Nanny! —gritó el presidente, colgando violentamente el teléfono—. ¡Creí que esta era una línea directa con el primer ministro!

—Lo es —dijo la señorita Tibbs—. Inténtalo otra vez.

El presidente agarró el auricular.

—¡Diga! —gritó.

—Al habla el señol Wong —constestó una voz al otro lado.

—¿El señor qué? —gritó el presidente.

—El señol Wong, ayudante de jefe de estación en Chunking. Y si quiele sabel lo que ha pasado con el tlen de las diez, el tlen de las diez no pasalá hoy. Ha estallado una caldela.

El presidente arrojó el teléfono contra el director general de Correos y Telecomunicaciones. El teléfono le dio en pleno estómago.

—¿Qué pasa con esto? —gritó el presidente.

—Es muy difícil hablar por teléfono con China, señor presidente —dijo el director general de Correos y Telecomunicaciones—. El país está tan lleno de Wings y de Wongs que cada vez que uno llama da con un número equivocado.

—Ya lo creo —se enfureció el presidente.

El director general de Correos y Telecomunicaciones volvió a poner el teléfono sobre el escritorio.

—Inténtelo una vez más, señor presidente, por favor. He ajustado los tornillos que lleva debajo.

El presidente volvió a tomar el auricular.

—Saludos, honolable plesidente —dijo una suave vocecita lejana—. Habla el ayudante del plimel ministlo, Chu-On-Dat. ¿Qué puedo hacel pol usted?

—*Knock, knock* —dijo el presidente.

—¿Quién es?

—Sehizo.

—¿Sehizo qué?

—¿Se hizo mucho daño cuando se cayó de la Gran Muralla China? —dijo el presidente—. Bien, Chu-On-Dat. Déjeme hablar con el primer ministro How-Yu-Bin.

—Lamento comunicarle que el plimel ministlo How-Yu-Bin no está aquí en este momento, señol plesidente.

—¿Dónde está?

—Está fuela, aleglando una lueda pinchada de su bicicleta.

—Nada de eso. ¡No puede engañarme, astuto mandarín! ¡En este mismísimo momento está subiendo a bordo de nuestro magnífico hotel espacial con siete de sus secuaces para hacerlo estallar!

—Peldone, pol favol, señol plesidente. Usted comete un glan elol.

—¡No cometo ningún error! Y si no les ordena volverse atrás inmediatamente, le diré a mi jefe de las Fuerzas Armadas que los haga saltar por los aires. ¡Piénselo bien, Chu-On-Dat!

—¡Bravo! —exclamó el jefe de las Fuerzas Armadas—. ¡Hagámoslos saltar a todos! ¡*Bang*! ¡*Bang*!

—¡Silencio! —ladró la señorita Tibbs.

—¡Lo he conseguido! —gritó el consejero económico—. ¡Mírenme todos! ¡He equilibrado el presupuesto!

Y así era. Estaba de pie en medio de la habitación con el enorme presupuesto de doscientos billones de dólares perfectamente equilibrado encima de su calva cabeza. Todo el mundo aplaudió. Entonces, súbitamente, la voz del astronauta Shuckworth interrumpió con urgencia a través del receptor de radio del presidente.

—¡Se han acoplado y han subido a bordo! —gritó Shuckworth—. Y también han hecho subir la cama... ¡Digo la bomba!

El presidente tomó aliento bruscamente. Al mismo tiempo inhaló una mosca que en aquel momento pasaba por allí. Se atragantó. La señorita Tibbs le dio unos golpes en la espalda. El presidente se tragó la mosca y se sintió mejor. Pero estaba muy enfadado. Agarró lápiz y papel y empezó a hacer un dibujo. Mientras estaba dibujando, murmuraba:

—¡No quiero moscas en mi despacho! ¡Es algo que no puedo soportar!

Sus consejeros esperaban con ansiedad. Sabían que el gran hombre estaba a punto de dar al mundo otra de sus brillantes invenciones. La última había sido el sacacorchos para zurdos de Gilligrass, que había sido recibido por todos los zurdos del mundo como una de las mayores bendiciones del siglo.

—¡Aquí tienen! —dijo el presidente, enseñando el papel—. ¡Esta es la trampa para moscas Gilligrass!

Todos se acercaron para verla mejor.

—La mosca sube por la escalera de la izquierda —explicó el presidente—. Camina a lo largo de la tabla. Se detiene. Olfatea. Huele algo que le gusta. Se asoma al borde de la tabla y ve el terrón de azúcar. «¡Ajá!», grita. «¡Azúcar!» Está a punto de bajar por la cuerda para alcanzarla cuando ve el cubo de agua que hay debajo. «¡Es una trampa! ¡Quieren que me caiga dentro!», piensa. Entonces sigue caminando, creyéndose una mosca muy lista. Pero, como pueden ver, a la escalera de la derecha le falta uno de los escalones, de modo que la mosca se cae y se parte la cabeza.

—¡Magnífico, señor presidente! —exclamaron todos—. ¡Fantástico! ¡Un golpe de genio!

—Quiero encargar cien mil para el Ejército inmediatamente —dijo el jefe de las Fuerzas Armadas.

—Gracias —y el presidente, apuntó cuidadosamente el pedido.

—¡Repito —dijo la frenética voz de Shuckworth por el altavoz—, han subido a bordo y llevan la bomba con ellos!

—No se acerque, Shuckworth —ordenó el presidente—. No tiene sentido que sus muchachos estallen junto a ellos.

Y ahora, en todo el mundo, los millones de espectadores esperaban más nerviosamente que nunca sentados frente a sus televisores. La imagen en sus pantallas, en vívidos colores, mostraba la siniestra caja de cristal sólidamente conectada a la parte inferior del gigantesco hotel espacial. Parecía un pequeño animal aferrado a su madre. Y cuando la cámara se acercó, todos pudieron ver con claridad que la caja de cristal estaba completamente vacía. Los ocho bandidos habían subido a bordo del hotel espacial y se habían llevado la bomba consigo.

Dentro del hotel espacial no se flotaba. La máquina que producía gravedad se encargaba de eso. De modo que, una vez que el atraque fue triunfalmente conseguido, el señor Wonka, Charlie, el abuelo Joe y el señor y la señora Bucket pudieron salir del gran ascensor de cristal y entrar en el vestíbulo del hotel. En cuanto al abuelo George, la abuela Georgina y la abuela Josephine, ninguno de ellos había puesto los pies en el suelo durante más de veinte años y no pensaban cambiar ahora sus costumbres. Así que cuando dejaron de flotar, los tres volvieron a meterse en la cama e insistieron en que esta, con ellos dentro, fuese empujada dentro del hotel espacial.

Charlie miró en derredor del vestíbulo. El suelo estaba cubierto por una espesa alfombra verde. Veinte gigantescas arañas de cristal colgaban del techo. Las paredes estaban cubiertas de valiosos cuadros, y había grandes sillones muy cómodos por todos los sitios. Al otro extremo de la habitación había cinco puertas de ascensores. El grupo contempló en silencio todo este lujo. Nadie se atrevía a hablar. El señor Wonka les había advertido que cada palabra que dijesen sería recogida por Control Espacial en Houston, de modo que era mejor que tuviesen cuidado. Debajo del suelo podía oírse un tenue zumbido, lo que hacía que el silencio fuese más impresionante. Charlie apretó con fuerza la mano del abuelo Joe. No estaba seguro de que esto le gustara mucho. Habían entrado clandestinamente en la mayor nave jamás construida por el hombre, propiedad del Gobierno de los Estados Unidos, y si les descubrían y los capturaban, cosa que seguramente ocurriría al final, ¿qué les sucedería entonces? ¿Irían a la cárcel por el resto de su vida? Sí, o algo peor.

El señor Wonka estaba escribiendo algo en un pequeño cuaderno, que luego les enseñó. En él decía: ¿ALGUNO TIENE HAMBRE?

Los tres ancianos en la cama empezaron a agitar los brazos y a mover sus cabezas de arriba abajo abriendo y cerrando la boca. El señor Wonka volvió el papel del otro lado. Allí decía: LAS COCINAS DE ESTE HOTEL ESTÁN REPLETAS DE DELICIOSA COMIDA, LANGOSTAS, FILETES, HELADOS. TENDREMOS UN BANQUETE QUE SUPERARÁ A TODOS LOS BANQUETES.

De pronto, una poderosa voz retumbante se oyó por un altavoz escondido en alguna parte de la habitación.

—¡ATENCIÓN! —tronó la voz, y Charlie dio un respingo. Lo mismo hizo el abuelo Joe. Todo el mundo se sobresaltó, incluso el señor Wonka—. ¡ATENCIÓN A LOS OCHO ASTRONAUTAS EXTRANJEROS! ¡LES HABLA CONTROL ESPACIAL DESDE HOUSTON, TEXAS, ESTADOS UNIDOS! ¡ESTÁN INVADIENDO PROPIEDAD AMERICANA! ¡SE LES ORDENA IDENTIFICARSE INMEDIATAMENTE! ¡HABLEN AHORA MISMO!

—*¡Ssshhhh!* —susurró el señor Wonka con un dedo en los labios.

Siguieron unos segundos de un terrible silencio. Nadie se movió excepto el señor Wonka, que continuaba diciendo: «¡*Ssshhhh*! ¡*Sshhh*!».

—¿QUIÉNES... SON... USTEDES? —tronó la voz de Houston, y el mundo entero la oyó—. REPITO... ¿QUIÉNES... SON... USTEDES? —gritó la apremiante voz iracunda, y quinientos millones de personas se agazaparon delante de sus televisores, esperando una respuesta de los misteriosos extranjeros que habían entrado en el hotel espacial.

La televisión no podía mostrar una imagen de estos misteriosos extranjeros. No había allí una cámara que registrase la escena. Sólo se oían las palabras. Los espectadores no podían ver más que el exterior del gigantesco hotel en órbita, fotografiado, por supuesto, por Shuckworth, Shanks y Showler, que lo estaban siguiendo. Durante medio minuto, el mundo entero esperó una respuesta.

Pero no hubo respuesta alguna.

—¡HABLEN! —tronó la voz, que gritaba cada vez más alto y que terminó en un terrible alarido que retumbó en los oídos de Charlie—. ¡HABLEN! ¡HABLEN! ¡HABLEN!

La abuela Georgina se metió debajo de las sábanas. La abuela Josephine se tapó los oídos con los dedos. El abuelo George enterró la cabeza debajo de la almohada. El señor y la señora Bucket, ambos petrificados, habían vuelto a abrazarse. Charlie se aferraba a la mano del abuelo Joe, y los dos miraban al señor Wonka rogándole con los ojos que hiciera algo. El señor Wonka estaba muy quieto, y aunque su cara mostraba calma, podéis estar seguros de que su agudo cerebro inventivo funcionaba como una dinamo.

—¡ESTA ES SU ÚLTIMA OPORTUNIDAD! SE LO PREGUNTAREMOS UNA VEZ MÁS... ¿QUIÉNES... SON? ¡CONTESTEN INMEDIATAMENTE! SI NO CONTESTAN NOS VEREMOS OBLIGADOS A CONSIDERARLES ENEMIGOS PELIGROSOS. ACTIVAREMOS ENTONCES EL PULSADOR DE CONGELACIÓN Y LA TEMPERATURA EN EL HOTEL ESPACIAL DESCENDERÁ A CIEN GRADOS BAJO CERO. TODOS USTEDES QUEDARÁN INSTANTÁNEAMENTE CONGELADOS. TIENEN QUINCE SEGUNDOS PARA HABLAR. SI NO, SE CONVERTIRÁN EN ESTALACTITAS... UNO... DOS... TRES...

—Abuelo —susurró Charlie, mientras la voz seguía contando—, tenemos que hacer algo. ¡Es necesario! ¡Deprisa!

—¡SEIS! ¡SIETE!... ¡OCHO!... ¡NUEVE!...

El señor Wonka no se había movido. Seguía mirando fijamente hacia delante, con mucha calma, sin ninguna expresión en la cara. Charlie y el abuelo Joe le miraban horrorizados. De pronto, vieron cómo las pequeñas arrugas de una sonrisa aparecían a los lados de sus ojos. Súbitamente cobró vida. Giró sobre las puntas de los pies, dio unos cuantos pasos y luego, en un grito frenético, exclamó:

—¡FIMBO FEEZ!

El altavoz dejó de contar. Se hizo un silencio. En el mundo entero se hizo un silencio.

Los ojos de Charlie estaban fijos en el señor Wonka. Este se disponía a hablar otra vez. Tomó aliento.

—¡BUNGO BUNI! —gritó.

Puso tanto brío en su voz que el esfuerzo hizo que se elevara sobre las puntas de los pies.

—¡BUNGO BUNI
DAFU DUNI
YUBEE LUNI!

Nuevamente el silencio.

Cuando el señor Wonka habló nuevamente, las palabras eran tan rápidas, agudas y sonoras que parecían las balas de una ametralladora.

—¡ZOONK, ZOONK, ZOONK, ZOONK, ZOONK!

El ruido resonó como un eco en el vestíbulo del hotel espacial. Y resonó también en el mundo entero.

El señor Wonka se volvió hacia el otro extremo del vestíbulo, donde estaba el altavoz. Se acercó unos pasos, como haría un hombre que

quisiera hablar más íntimamente con su audiencia. Y esta vez su tono era mucho más tranquilo, las palabras más lentas, pero había un filo acerado en cada una de las sílabas.

—¡KIRASUKU MALIBUKU
WEEBEE WIZE UN YUBEE KUKU!
¡ALIPENDA KAKAMENDA
PANTZ FORLDUN IFNO SUSPENDA!
¡FUNIKIKA KANDERIKA

WEEBEE STRONGA YUBEE WEEKA!
¡POPOKOTA BORUMOKA
VERI RISKI YU PROVOKA!
¡KATIKATI MOONS UN STARS
FANFANISHA VENUS MARTE!

El señor Wonka hizo una dramática pausa durante unos segundos. Luego tomó aliento y, con voz salvaje y aterradora, gritó:

—¡KITIMBIBI ZOONK!
¡FIMBOLEEZI ZOONK!
¡GUGUMIZA ZOONK!
¡FUMIKAKA ZOONK!
¡ANAPOLALA ZOONK ZOONK ZOONK!

El efecto que estas palabras causaron en el mundo fue como una corriente eléctrica. En la sala de Control en Houston, en la Casa Blanca en Washington, en palacios y edificios y chozas, desde América hasta la China y el Perú, los quinientos millones de personas que oyeron esa voz aterradora y salvaje, gritando estas extrañas palabras místicas, temblaron de miedo ante sus televisores. Todos se volvieron a mirarse uno a otros, diciendo:

—¿Quiénes son? ¿Qué idioma era ese? ¿De dónde vienen?

En el despacho del presidente en la Casa Blanca, la vicepresidenta Tibbs, los miembros del gabinete, los jefes de las Fuerzas Armadas, la Marina y las Fuerzas Aéreas, el tragador de espadas de Afganistán, el consejero económico y la señora Taubsypuss, la gata, se miraron entre sí, tensos y rígidos. Tenían miedo. Pero el presidente mantuvo la calma.

—¡Nanny! —gritó—. Oh, Nanny, ¿qué hacemos ahora?

—Te traeré un vaso de leche templada —dijo la señorita Tibbs.

—Detesto la leche templada —dijo el presidente—. Por favor, no me obligues a tomármela.

—Entonces llama al jefe de Intérpretes —sugirió la señorita Tibbs.

—¡Que llamen al jefe de Intérpretes! —dijo el presidente—. ¿Dónde está?

—Aquí estoy, señor presidente —dijo el jefe de Intérpretes.

—¿Qué idioma era el que hablaba esa criatura en el hotel espacial? ¡Conteste rápido! ¿Era esquimal?

—Esquimal, no, señor presidente.

—¡Ah! Entonces era tagalo. ¡O tagalo o ugro!

—Tagalo, no, señor presidente. Y tampoco era ugro.

—¿Era tulu, entonces? ¿O tungus, o tupi?

—Definitivamente, no era tulu, señor presidente. Y estoy seguro de que no era tungus o tupi.

—¡No se quede ahí diciendo lo que no era, idiota! —dijo la señorita Tibbs—. ¡Dígale lo que era!

—Sí, señorita vicepresidenta —contestó el jefe de Intérpretes, empezando a temblar—. Créame,

señor presidente, que era un idioma que yo no he oído hasta ahora.

—Pero yo creí que usted sabía todos los idiomas del mundo.

—Así es, señor presidente.

—No me mienta. ¿Cómo puede saber todos los idiomas del mundo si no conoce este?

—Es que no es un idioma de este mundo, señor presidente.

—¡Tonterías! —ladró la señorita Tibbs—. ¡Hasta yo comprendí algunas de las palabras!

—Es evidente, señorita vicepresidenta, que esta gente ha intentado aprender algunas de nuestras palabras más fáciles, ¡pero el resto pertenece a un lenguaje que nunca se ha oído en la Tierra!

—¡Santo cielo! —gritó el presidente—. ¿Quiere usted decir que quizá sean de... de otro planeta?

—Precisamente.

—¿De dónde?

—¿Quién sabe? —dijo el jefe de Intérpretes—. ¿Pero no se dio cuenta, señor presidente, de que utilizaron las palabras Venus y Marte?

—Claro que me di cuenta. Pero ¿qué tiene que ver eso? ¡Ajá! Ya sé lo que usted quiere decir. ¡Dios mío! ¡Son hombres de Marte!

—Y de Venus —dijo el jefe de Intérpretes.

—Eso podría traernos problemas.

—¡Ya lo creo que sí!

—El presidente no hablaba con usted —dijo la señorita Tibbs.

—¿Qué hacemos ahora, general? —interrogó el presidente.

—¡Hacerles volar por los aires! —gritó este.

—Usted siempre quiere hacer volar todo por los aires —dijo enfadado el presidente—. ¿No se le ocurre otra cosa?

—Me gustan las explosiones —dijo el general—. ¡Hacen un ruido tan bonito! ¡*Booom-booom*!

—¡No sea estúpido! —le insultó la señorita Tibbs. Si hace volar a esta gente, Marte nos declarará la guerra. ¡Y también Venus!

—Tienes razón, Nanny —dijo el presidente—. ¡Nos *trocularían* como a pavos! ¡Nos harían puré de patatas!

—¡Yo me encargaré de ellos! —gritó el jefe de las Fuerzas Armadas.

—¡Cállese! —ordenó la señorita Tibbs—. ¡Queda despedido!

—¡Hurra! —se alegraron todos los demás generales—. ¡Bien hecho, señorita vicepresidenta!

La señorita Tibbs dijo:

—Tenemos que tratar amablemente a esta gente. El que acaba de hablar parecía estar muy enfadado. Tenemos que ser amables con ellos, halagarles, hacerles sentirse cómodos. Lo último que queremos es que nos invadan hombres de Marte. Tiene que hablar con ellos, señor presidente. Diga a Houston que queremos otra conexión directa por radio con el hotel espacial. ¡Deprisa!

Invitación a la Casa Blanca

—¡El presidente de los Estados Unidos se dirigirá ahora a ustedes! —anunció el altavoz del vestíbulo del hotel espacial.

La cabeza de la abuela Georgina salió cautelosamente de debajo de las sábanas. La abuela Josephine se quitó los dedos de los oídos, y el abuelo George levantó la cabeza de la almohada.

—¿Quiere decir que de verdad va a hablar con nosotros? —susurró Charlie.

—¡*Sssshhh*! —pidió el señor Wonka—. Escuchen.

—Queridos amigos —dijo la conocida voz presidencial por el altavoz—. ¡Queridos, queridísimos amigos! Bienvenidos al Hotel Espacial USA. Saludos a los valientes astronautas de Marte y Venus...

—¡Marte y Venus! —susurró Charlie—. ¿Quiere decir que cree que somos de...?

—¡*Sssshhhh... ssshhh... ssshhhh*! —exigió el señor Wonka.

Se estaba retorciendo de risa en silencio; todo su cuerpo se agitaba y saltaba sobre uno y otro pie.

—Habéis venido desde muy lejos —continuó el presidente—. Así que ¿por qué no viajáis un poquito más y venís a nuestro humilde planeta Tierra? Os invito a todos a Washington como huéspedes míos. Podríais aterrizar con vuestra maravillosa nave de cristal en el jardín de la Casa Blanca. Tendremos la alfombra roja dispuesta. Espero que sepáis lo suficiente de nuestro idioma como para comprenderme. Espero con ansiedad vuestra respuesta.

Se oyó un click y el presidente dejó de hablar.

—¡Qué cosa más fantástica! —susurró el abuelo Joe—. ¡La Casa Blanca, Charlie! ¡Estamos invitados a la Casa Blanca como huéspedes suyos!

Charlie agarró la mano del abuelo Joe y los dos empezaron a bailar por el vestíbulo del hotel. El señor Wonka, que aún se agitaba de risa, fue a sentarse en la cama e hizo una señal a todo el mundo para que se acercaran, con el objeto de poder hablar en voz baja sin ser oídos por los micrófonos ocultos.

—Están asustadísimos —susurró—. Ya no nos molestarán más. De modo que dediquémonos a ese banquete del que estábamos hablando, y luego podemos explorar el hotel.

—¿No vamos a ir a la Casa Blanca? —murmuró la abuela Josephine—. Yo quiero ir como invitada del presidente.

—Mi queridísima señora —dijo el señor Wonka—. ¡Usted se parece tanto a un marciano como a una jirafa! Sabrían inmediatamente que les hemos engañado. Nos arrestarían antes de que pudiéramos decir hola.

El señor Wonka tenía razón. No era posible aceptar la invitación del presidente, y todos lo sabían.

—Pero tenemos que decirle algo —susurró Charlie—. Ahora mismo debe de estar sentado en su despacho de la Casa Blanca esperando una respuesta.

—Invente alguna excusa —suplicó el señor Bucket.

—Dígale que tenemos otro compromiso —dijo la señora Bucket.

—Dígale que lo deje para otra vez —dijo el abuelo Joe.

—Tienen razón. Es de mala educación ignorar una invitación. Se puso de pie y se alejó unos pasos del grupo.

Durante un momento permaneció callado, como ordenando sus pensamientos. Luego Charlie vio nuevamente esas pequeñas arrugas a los lados de sus ojos, y cuando empezó a hablar, su voz esta vez era como la voz de un gigante, profunda y maligna, muy alta y muy lenta:

Desde fétidos pantanos,
por el cieno, por el lodo,
a la hora de las brujas
vuelven a casa los grobos.

Arrastrándose en el barro,
pegajosos y viscosos,
se oye el reptar sibilante
de sus cuerpos aceitosos.

¡Huid! ¡Corred! ¡Haceros humo!
¡Salvad distancias, que vienen!
¡Poned tierra de por medio!
¡Los grobos no se detienen!

En su despacho, doscientos cuarenta kilómetros más abajo, el presidente se puso blanco como la Casa Blanca.

—¡Santísimo cielo! —gritó—. ¡Creo que vienen a por nosotros!

—¡Por favor, déjeme hacerles saltar por los aires! —dijo el ex jefe de las Fuerzas Armadas.

—¡Silencio! —ordenó la señorita Tibbs—. ¡Váyase al rincón!

En el vestíbulo del hotel espacial, el señor Wonka había hecho simplemente una pausa para poder pensar en el verso siguiente, y estaba a punto de empezar otra vez cuando un espantoso chillido le interrumpió bruscamente. La que gritaba era la abuela Josephine. Estaba sentada en la cama y señalaba con un dedo tembloroso a los ascensores al otro lado del vestíbulo. Gritó por segunda vez y todos los ojos se volvieron hacia los ascensores. La puerta de la izquierda se estaba abriendo muy despacio y todos pudieron ver claramente que había algo..., algo espeso..., algo marrón..., algo no exactamente marrón, sino marrón-verdoso..., algo con piel viscosa y grandes ojos..., ¡algo que estaba dentro del ascensor!

Algo horrible en los ascensores

La abuela Josephine había dejado de gritar. Se había quedado rígida del susto. Los que estaban junto a la cama, incluidos Charlie y el abuelo Joe, se quedaron inmóviles como piedras. No se atrevían a moverse. Apenas se atrevían a respirar. Y el señor Wonka, que se había vuelto rápidamente para mirar cuando oyó el primer grito, estaba tan asombrado como los demás. Se quedó en suspenso, mirando a la cosa que había dentro del ascensor, con la boca ligeramente abierta y los ojos tan redondos como dos ruedas. Lo que vio, lo que vieron todos, fue esto:

Más que nada se parecía a un enorme huevo haciendo equilibrio sobre su extremo más agudo. Era tan alto como un niño y más ancho que un hombre muy gordo. La piel marrón-verdosa tenía una apariencia húmeda y brillante y estaba llena de arrugas. Arriba, en la parte más ancha, tenía dos ojos grandes y redondos como dos tazas de té. Eran blancos, pero tenían una brillante pupila roja en el centro. Las pupilas rojas estaban fijas en el señor

Wonka. Pero luego empezaron a moverse lentamente en dirección a Charlie y al abuelo Joe y los demás que se encontraban en la cama, posándose sobre ellos y clavándoles una mirada fría y malévola. Los ojos eran todo. No había otras facciones, ni nariz, ni boca, ni orejas; pero el cuerpo en forma de huevo se movía muy ligeramente, abultándose aquí y allá como si estuviera lleno de un espeso líquido.

En aquel momento, Charlie se dio cuenta de que el siguiente ascensor estaba bajando. Los números indicadores que había encima de la puerta se encendían: 6..., 5..., 4..., 3..., 2..., 1..., PB (para la Planta Baja). Hubo una pequeña pausa. La puerta se abrió y allí, dentro del segundo ascensor, había otro enorme huevo viscoso de color marrón-verdoso con ojos.

Ahora se estaban encendiendo los números que había encima de los tres ascensores restantes. Bajaban..., bajaban..., bajaban... Y enseguida, precisamente en el mismo momento, llegaron a la planta baja y las puertas se abrieron a la vez. Cinco puertas abiertas..., una criatura ante cada una de ellas..., cinco en total..., y cinco pares de ojos con brillantes pupilas rojas observando al señor Wonka, a Charlie, al abuelo Joe y a los demás.

Había ligeras diferencias de forma y tamaño entre los cinco, pero todos tenían la misma piel arrugada de color marrón-verdoso que latía y se agitaba,

Durante unos treinta segundos nada ocurrió. Nadie se movió, nadie emitió un solo sonido. El silencio era terrible. Y también el suspenso. Charlie tenía tanto miedo que sintió que se encogía bajo su piel. ¡De pronto vio que la criatura que estaba dentro del ascensor de la izquierda empezaba a cambiar de forma! Su cuerpo se iba alargando y haciéndose más delgado, elevándose hacia el techo del ascensor, no en línea recta, sino trazando una ligera curva hacia la izquierda, trazando una curva serpenteante que resultaba curiosamente grácil, hacia la izquierda, y luego curvándose hacia la derecha y volviendo a descender en un semicírculo; luego la parte inferior empezó también a alargarse, arrastrándose por el suelo hacia la izquierda..., hasta que por fin la criatura, que originalmente había tenido el aspecto de un enorme huevo, parecía ahora una larga serpiente curvada erguida sobre la cola.

Entonces la que estaba en el siguiente ascensor empezó a estirarse del mismo modo; ¡qué extraño y escalofriante resultaba contemplarlo! Esta se curvaba adoptando una forma diferente de la primera, haciendo equilibrios, casi, pero no del todo, sobre la punta de su cola.

Luego, las tres criaturas restantes empezaron a estirarse todas a la vez, alargándose lentamente hacia arriba, haciéndose cada vez más delgadas, curvándose y retorciéndose, estirándose y estirándose, enroscándose y doblándose, haciendo equilibrio sobre la cola o la cabeza o sobre las dos a la vez, y colocándose de lado, de modo que sólo

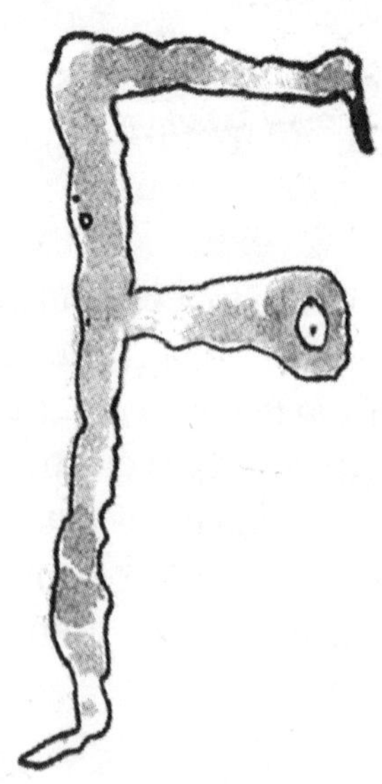

uno de los ojos fuera visible. Cuando cesaron de estirarse y curvarse, este es el aspecto que presentaban:

—¡Fuera! —gritó el señor Wonka—. ¡Salgamos de aquí ahora mismo!

Nadie se movió nunca tan deprisa como el abuelo Joe, Charlie y el señor y la señora Bucket en aquel momento. Todos se metieron detrás de la cama y empezaron a empujar como locos. El señor Wonka corría delante de ellos gritando: «¡Fuera! ¡Fuera! ¡Fuera!». Y en diez segundos todos ellos estaban fuera del vestíbulo y dentro del gran ascensor de cristal.

El señor Wonka empezó a ajustar tuercas y a manipular botones frenéticamente. La puerta del gran ascensor de cristal se cerró de golpe y la caja entera saltó hacia un costado. ¡Se alejaban! Y, por supuesto, todos ellos, incluyendo a los tres ancianos metidos en la cama, se elevaron flotando en el aire.

—¡Oh, Dios mío! —exclamó el señor Wonka—. ¡Oh, cielo santo! ¡Espero no volver a ver nunca nada como eso!

Se acercó flotando hacia el botón blanco y lo apretó. Los cohetes de propulsión salieron disparados. El ascensor arrancó a tal velocidad que pronto fueron dejando atrás el hotel espacial hasta perderlo de vista.

—Pero ¿quiénes eran esas espantosas criaturas? —preguntó Charlie.

—¿Quieres decir que no lo sabías? —gritó el señor Wonka—. Pues es mejor así. Si hubieras tenido la más ligera idea de los horrores con los que podías haberte enfrentado se te hubiera helado la sangre en las venas. ¡Te hubieras fosilizado de miedo y te habrías quedado pegado al suelo! ¡Entonces te hubieran atrapado! ¡Habrían acabado contigo! ¡Te habrían descuartizado en miles de trocitos, te habrían rallado como queso, te habrían *floculado* vivo! ¡Habrían hecho collares con los huesos de tus nudillos y pulseras con tus dientes!

¡Porque esas criaturas, mi querido e ignorante muchacho, son las bestias más brutales, vengativas, venenosas y asesinas de todo el universo! —aquí el señor Wonka hizo una pausa y se pasó la rosada punta de la lengua por los labios—. ¡KNIDOS VERMICIOSOS! —gritó—. ¡Eso es lo que eran!

Pronunciaba la K de modo que la palabra sonaba K'NIDOS.

—Yo creí que eran grubos —dijo Charlie—. Esos grubos viscosos y pegajosos de los que le hablaba al presidente.

—Oh, no, esos me los inventé para asustar a la Casa Blanca —contestó el señor Wonka—. Pero los Knidos Vermiciosos no son inventados, créeme. Viven, como todo el mundo sabe, en el planeta Vermes, que está a dieciocho mil cuatrocientos veintisiete millones de kilómetros de distancia, y son unos animalejos muy listos. El Knido Vermicioso puede adoptar la forma que quiera. No tiene huesos. Su cuerpo es en realidad un enorme músculo, terriblemente fuerte, pero muy flexible y amoldable, como una mezcla de goma y masilla con alambres de acero dentro. Normalmente tiene forma de huevo, pero puede sacar con facilidad dos piernas, como un hombre, o cuatro, como un caballo. Puede hacerse redondo como una pelota o largo como el hilo de una cometa. ¡A cincuenta metros de distancia, un Knido Vermicioso adulto puede alargar el cuello y arrancarte la cabeza de un mordisco sin levantarse siquiera!

—¿Arrancar la cabeza de un mordisco con qué? —dijo la abuela Georgina—. No vi que tuvieran boca.

—Tienen otras cosas con las que morder —dijo oscuramente el señor Wonka.

—¿Cómo qué? —preguntó ella.

—Basta ya. Se le ha acabado el tiempo. Pero escúchenme todos. Acaba de ocurrírseme una cosa. Yo estaba allí burlándome del presidente y fingiendo que éramos seres de otro planeta, ¡y de pronto resulta que sí había seres de otro planeta a bordo!

—¿Cree que habría muchos? —preguntó Charlie—. ¿Más de los cinco que vimos nosotros?

—¡Miles! —dijo el señor Wonka—. ¡Hay quinientas habitaciones en ese hotel espacial, y lo más probable es que haya una familia entera de Knidos Vermiciosos en cada una de ellas!

—¡Alguien se va a dar un buen susto cuando suba a bordo! —exclamó el abuelo Joe.

—Se los comerán como a cacahuetes —dijo el señor Wonka—. Se los comerán a todos.

—No estará hablando en serio, ¿verdad, señor Wonka? —preguntó Charlie.

—Claro que estoy hablando en serio. Estos Knidos Vermiciosos son el terror del universo. Viajan por el espacio en enormes bandadas, aterrizando en estrellas y planetas, y destruyendo todo lo que encuentran a su paso. Hace mucho tiempo vivían en la Luna unas criaturas bastante simpáticas. Se llamaban Poozas. Pero los Knidos Vermiciosos se los comieron a todos. Hicieron lo mismo en Venus y en Marte y en otros muchos planetas.

—¿Y por qué no han bajado a la Tierra a comernos a nosotros? —preguntó Charlie.

—Lo han intentado muchas veces, Charlie, pero nunca lo consiguieron. Verás, alrededor de nuestra Tierra hay una vasta capa de aire y gas, y cualquier cosa que penetre esa capa a gran velocidad entra en estado de incandescencia. Las cápsulas espaciales están hechas de un metal especial a prueba de calor, y cuando vuelven a penetrar esa capa de aire y gas en su viaje de vuelta, reducen su velocidad a unos dos mil kilómetros por hora, primero por medio de cohetes de retropropulsión y luego gracias a algo llamado «fricción». Así y todo, el calor les afecta bastante. Los Knidos, que no están protegidos contra el calor y no tienen cohetes de retropropulsión, se achicharran por completo antes de llegar. ¿Has visto alguna vez una estrella fugaz?

—Sí, muchas —dijo Charlie.

—En realidad, no son estrellas fugaces —le explicó el señor Wonka—. Son Knidos fugaces. Son Knidos que están intentando entrar en la atmósfera de la Tierra a gran velocidad y se incendian en el intento.

—Qué tontería —dijo la abuela Georgina.

—Esperen —pidió el señor Wonka—. Puede que lleguen a verlo antes de que acabe el día.

—Pero si son tan feroces y tan peligrosos —comentó Charlie—, ¿por qué no nos comieron enseguida en el hotel espacial? ¿Por qué perdieron el tiempo retorciéndose y estirándose para escribir la palabra FUERA?

—Porque les gusta presumir —contestó el señor Wonka—. Están tremendamente orgullosos de poder escribir de esa manera.

—Pero ¿por qué iban a decir FUERA, cuando lo que querían era comernos?

—Es la única palabra que conocen —dijo el señor Wonka.

—¡Mirad! —gritó la abuela Josephine, señalando a través del cristal—. ¡Allí!

Aun antes de mirar, Charlie sabía exactamente lo que iba a ver. Lo mismo les sucedió a los demás. Lo sabían por la aguda nota histérica en la voz de la anciana.

Y allí estaba, deslizándose sin esfuerzo junto a ellos, un Knido Vermicioso simplemente colosal, tan grande como una ballena, tan largo como un camión, mirándoles con una mirada vermiciosa y brutal. Se encontraba a no más de doce metros de distancia, con su forma de huevo, resbaladizo y de color marrón-verdoso, y su malévolo ojo rojo (el único visible) estaba fijo en las personas que flotaban dentro del gran ascensor de cristal.

—¡Esto es el fin! —gritó la abuela Georgina.

—¡Nos comerá a todos! —chilló la señora Bucket.

—De un solo bocado —se horrorizó el señor Bucket.

—Estamos condenados, Charlie —dijo el abuelo Joe.

Charlie asintió con la cabeza. No podía producir un solo sonido. Su garganta se había cerrado de miedo. Pero esta vez el señor Wonka no se asustó. Mantuvo la calma.

—Pronto nos libraremos de eso —y apretó seis botones a la vez, con lo que seis cohetes propulsores salieron disparados simultáneamente del ascensor.

Este dio un salto hacia delante, como un caballo espoleado, y aumentó su velocidad, pero el enorme y grasiento Knido pudo seguirlo a la misma velocidad sin dificultad.

—¡Haced que se vaya! —pidió la abuela Georgina—. ¡No puedo soportar que me mire así!

—Querida señora —dijo el señor Wonka—, es imposible que entre aquí. Debo admitir que me alarmé un poco en el hotel espacial, y con razón. Pero aquí no tenemos nada que temer. El gran ascensor de cristal está hecho a prueba de choques, a prueba de agua, a prueba de bombas, a prueba de balas y a prueba de Knidos. Así que tranquilícese y disfrute del viaje.

Oh, Knido, eres vil y vermicioso.
Eres húmedo, blando y untuoso,
pero poco nos puede importar
ya que aquí nunca podrás entrar
así que no seas ambicioso.

En aquel momento, el gigantesco Knido dio media vuelta y empezó a alejarse del ascensor.

—Ahí tienen —gritó el señor Wonka, triunfante—. ¡Me ha oído! ¡Se vuelve a casa!

Pero el señor Wonka se equivocaba. Cuando la criatura estuvo a unos cien metros de distancia se detuvo, planeó durante unos momentos y luego retrocedió, volviendo hacia el ascensor de cola (su cola era el extremo más agudo del huevo). Aun ahora, yendo marcha atrás, su aceleración era increíble. Era como una bala monstruosa que se acercaba hacia ellos, y lo hacía a tal velocidad que nadie tuvo tiempo siquiera de gritar.

¡CRASH!

El Knido golpeó el ascensor de cristal con un ruido tremendo, y el aparato entero se sacudió convulsivamente, pero el cristal no cedió y el Knido rebotó como una pelota de goma.

—¿Qué les dije? —gritó triunfalmente el señor Wonka—. ¡Aquí estamos completamente a salvo!

—Tendrá un terrible dolor de cabeza después de ese golpe —dijo el abuelo Joe.

—No es su cabeza; es su cola —dijo Charlie—. ¡Mira, abuelo, le está saliendo un enorme chichón en la parte con que nos golpeó! ¡Y se le está poniendo morado!

Y así era. Una hinchazón púrpura del tamaño de un automóvil empezaba a aparecer en el puntiagudo trasero del Knido gigante.

—¡Hola, asqueroso animal! —gritó el señor Wonka.

¡Hola, horrible Knido! Dinos, ¿cómo estás?
Encuentro que tienes hoy muy mal color.
Tienes el trasero violeta y azul.
¿No crees que su aspecto podría ser mejor?

¿No te encuentras bien? ¿Vas a desmayarte?
¿O prefieres del tema no hablar?
Será grave, pues tienes el pompis
como un globo a punto de estallar.

Te buscaré un médico. Sé a quién recurrir.
Es casi seguro que él podrá curarte.
Es un carnicero de oficio, y no creo
que te cobre mucho por examinarte.

¡Ah! Helo aquí. Doctor, quiero agradecer-
le
por el largo viaje que ha realizado.
Su paciente, el Knido del trasero azul,
¿cree usted que es un caso muy desesperado?

«¡Cielos! Ya comprendo su horrible color»,
dijo el médico, «y sé lo que tengo que hacer».
Esa especie de globo que lleva en la cola
habrá que pincharlo con un alfiler.

Y sacó un objeto, como una lanza india

cubierta de plumas, con la que pinchó
el trasero del Knido con todas sus fuerzas,
pero este, ¡qué pena!, no se reventó.

El Knido gritaba: «¿Qué puedo yo hacer
con este gran bulto que llevo detrás?
¡No puedo pasarme el verano de pie,
mas tampoco me puedo sentar!».

El día en que todo esto estaba ocurriendo, no había una sola fábrica abierta en todo el mundo. También estaban cerradas las oficinas y las escuelas. Nadie se alejaba de las pantallas de televisión, ni siquiera durante un par de minutos, para ir a buscar una Coca-Cola o dar de comer a los niños. La tensión era insoportable. Todo el mundo oyó la invitación que el presidente de los Estados Unidos les había hecho a los marcianos para que le fueran a visitar a la Casa Blanca. Y oyeron también la extraña respuesta rimada, que les había parecido bastante amenazante. Escucharon además un agudo grito (el de la abuela Josephine), y más tarde oyeron a alguien gritar «¡Fuera! ¡Fuera! ¡Fuera!» (el señor Wonka). Nadie lograba explicarse a qué se debían tantos gritos. Los interpretaron como una especie de idioma marciano. Pero cuando los ocho misteriosos astronautas volvieron a entrar apresuradamente en su cápsula de cristal y se alejaron del hotel espacial, casi pudo oírse el enorme suspiro de alivio que se elevó desde la Tierra. Miles de telegramas y mensajes empezaron a llegar a la Casa Blanca, felicitando al presidente por la sagacidad con que había resuelto la aterradora situación.

El presidente mismo permaneció tranquilo y pensativo. Estaba sentado ante su escritorio, haciendo pelotitas con un trozo de chicle húmedo entre los dedos. Esperaba ansiosamente el momento de poder arrojárselo a la señorita Tibbs sin que esta lo viera. Se lo tiró, pero no le dio a la señorita Tibbs, sino al secretario del Interior, en la punta de la nariz.

—¿Creen que los marcianos habrán aceptado mi invitación a la Casa Blanca? —preguntó el presidente.

—Claro que sí —dijo el secretario de Asuntos Exteriores—. El suyo fue un brillante discurso, señor.

—Lo más probable es que en este momento se dirijan aquí —dijo la señorita Tibbs—. Vaya a lavarse esos pegotes de chicle que tiene en los dedos. Podrían llegar en cualquier momento.

—Cantemos primero una canción —sugirió el presidente—. Por favor, Nanny, canta otra canción sobre mí.

LA CANCIÓN DE LA NIÑERA

El hombre del que voy a hablar,
el gran hombre del año,
no fue una vez más que un bebé
de muy poco tamaño.

Como era su nodriza
yo le ponía a dormir
y le cambiaba los pañales
cuando había hecho pipí.

Solía bañarlo por la noche
y darle el biberón,
y lo acunaba si lloraba
porque era un niño muy llorón.

Y así, como todos los niños,
sano y feliz creció.
Le castigaba si era malo,
y si era bueno, no.

Muy pronto pude darme cuenta
de que algo había que hacer,
porque a los veinte años
aún no sabía leer.

Sus pobres padres no podían
ocultar su dolor.
¡El chico ni siquiera servía
como repartidor!

«¡Ajá!», me dije. «¡Este zopenco
podría ser político!».
Y así solucioné el problema
en el momento crítico.

«De acuerdo», dije, «estudiaremos
el don de la política.
Te enseñaré a tergiversar
y a no encajar las críticas».

«A hacer un discurso por día
en la televisión,
sin que la gente sepa nunca
cuál es tu intención».

Y aunque nunca es muy tarde
para quien se arrepiente,
ahora lo estoy, ¡pues el tunante
llegó a ser presidente!

—¡Bravo, Nanny! —gritó, aplaudiendo, el presidente.

—¡Hurra! —gritaron los demás—. ¡Muy bien, señorita vicepresidenta! ¡Estupendo! ¡Magnífico!

—¡Dios mío! —dijo el presidente—. ¡Esos hombres de Marte llegarán en cualquier momento! ¿Qué vamos a darles para almorzar? ¿Dónde está mi cocinero jefe?

El cocinero jefe era francés. Era también un espía francés, y en aquel momento estaba escuchando a través de la cerradura del despacho del presidente.

—*Ici, Monsieur le Président*! —dijo, irrumpiendo en la habitación.

—Cocinero jefe —dijo el presidente—, ¿qué comen para el almuerzo los hombres de Marte?

—Chocolatinas —dijo el cocinero jefe.

—¿Asadas o cocidas? —preguntó el presidente.

—Oh, asadas, por supuesto, señor presidente. ¡Cocer una chocolatina sería arruinarla!

La voz del astronauta Shuckworth irrumpió a través del altavoz en el despacho del presidente.

—Solicito permiso para acoplar y subir a bordo del hotel espacial —dijo.

—Permiso concedido —dijo el presidente—. Adelante, Shuckworth. Ahora ya no hay peligro... gracias a mí.

Y así, la enorme cápsula conmutadora, pilotada por Shuckworth, Shanks y Showler, con los directores y los asistentes de directores y los conserjes y los reposteros y los botones y las criadas y las camareras a bordo, avanzó suavemente y se acopló al gigantesco hotel espacial.

—¡Eh! Hemos perdido la imagen en nuestros televisores —exclamó el presidente.

—Me temo que la cámara ha chocado contra uno de los lados del hotel espacial, señor presidente —contestó Shuckworth.

El presidente dijo una palabra altisonante a través del micrófono y diez millones de niños a lo largo del país empezaron a repetirla alegremente, y recibieron un pescozón de sus padres.

—Los astronautas y los ciento cincuenta miembros del personal se encuentran a bordo del hotel espacial —informó Shuckworth a través de la radio—. Nos hallamos ahora en el vestíbulo.

—¿Y qué les parece todo? —preguntó el presidente.

Sabía que el mundo entero estaba escuchando y quería que Shuckworth dijera lo maravilloso que era el hotel espacial. Shuckworth no le defraudó.

—¡Oh, señor presidente, es sensacional! —dijo—. ¡Es increíble! ¡Y es enorme! Y tan..., es difícil encontrar palabras para describirlo. Todo es tan lujoso... ¡Especialmente las arañas y las alfombras! El director jefe del hotel, el señor Walter W. Wall, está aquí a mi lado, y quisiera tener el honor de decirle unas palabras, señor presidente.

—Que se ponga —dijo el presidente.

—Señor presidente, le habla Walter Wall. ¡Qué hotel más suntuoso es este! ¡La decoración es soberbia!

—¿Se ha dado cuenta de que toda la moqueta va de pared a pared, señor Walter Wall? —interrogó el presidente.

—Ya lo creo, señor presidente.

—Y el papel de las paredes también va de pared a pared, señor Walter Wall.

—Sí, señor presidente. ¡Es extraordinario! ¡Será un verdadero placer dirigir un hotel como este! ¡Eh! ¿Qué está pasando allí? ¡Algo está saliendo de los ascensores! ¡Socorro!

De pronto, a través de los altavoces, en el despacho del presidente se oyó una serie de gritos aterradores.

—¡Ayyyyyy! ¡Auuuuuuuu! ¡Socorro! ¡Socorroooo!

—¿Qué demonios está ocurriendo? —el

presidente se alarmó—. ¡Shuckworth! ¿Está usted ahí, Shuckworth? ¡Shanks! ¡Showler! ¡Señor Walter Wall! ¿Dónde se han metido? ¿Qué está ocurriendo?

Los gritos continuaron. Eran tan agudos que el presidente tuvo que taparse los oídos con los dedos. En todas las casas del mundo donde había un televisor o un aparato de radio se oyeron los gritos. Se oían también otros ruidos. Gruñidos, jadeos y crujidos. Luego se hizo el silencio.

Frenéticamente, el presidente llamó al hotel espacial por la radio. Houston llamó al hotel espacial. El presidente llamó a Houston. Houston llamó al presidente. Luego los dos volvieron a llamar al hotel espacial. Pero no hubo respuesta alguna. Allí arriba, en el espacio, todo era silencio.

—Algo terrible ha sucedido —dijo el presidente.

—Son esos hombres de Marte —comentó el ex jefe de las Fuerzas Armadas—. Le pedí que me dejase hacerles volar por los aires.

—¡Silencio! —exclamó el presidente—. Tengo que pensar.

El altavoz empezó a emitir ruidos.

—¡Hola! —dijo—. ¡Hola, hola, hola! ¿Me escucha, Control Espacial en Houston?

El presidente agarró el micrófono que había sobre su escritorio.

—¡Déjemelo a mí, Houston! —gritó—. Aquí el presidente Gilligrass. Les oigo perfectamente. ¡Adelante!

—Aquí el astronauta Shuckworth, señor presidente, de nuevo a bordo de la cápsula conmutadora. ¡Gracias a Dios!

—¿Qué ha sucedido, Shuckworth? ¿Quién está con usted?

—La mayoría de nosotros está aquí, señor presidente, por fortuna. Shanks y Showler están conmigo, y también muchos otros. Creo que hemos perdido unas dos docenas de personas en total, reposteros, conserjes, etcétera. ¡Ha sido una hazaña salir de allí con vida!

—¿Qué quiere decir con eso de que ha perdido dos docenas de personas? —gritó el presidente—. ¿Cómo las ha perdido?

—¡Engullidos! —replicó Shuckworth—. ¡Un bocado, y se acabó! ¡Vi cómo se tragaban a un asistente de director de un metro ochenta de altura como si fuese un trozo de helado, señor presidente! ¡Sin masticar! ¡Sin nada! ¡Se lo tragaron sin más!

—Pero ¿quiénes? —gritó el presidente—. ¿De quién está hablando? ¿Quién se lo tragó?

—¡Un momento! —gritó Shuckworth—. ¡Oh, Dios mío, aquí vienen otra vez! ¡Nos persiguen! ¡Están saliendo del hotel espacial! ¡Vienen hacia nosotros en bandadas! Tendrá que perdonarme por el momento, señor presidente. ¡Ahora no hay tiempo para hablar!

CÁPSULA CONMUTADORA EN APUROS. PRIMER ATAQUE

Mientras Shuckworth, Shanks y Showler eran desalojados del hotel espacial por los Knidos, el gran ascensor de cristal orbitaba alrededor de la Tierra a una tremenda velocidad. El señor Wonka había accionado todos los cohetes propulsores y el ascensor había alcanzado una velocidad de treinta y cuatro mil kilómetros por hora, en vez de los diecisiete mil kilómetros habituales. Lo que intentaban era alejarse del enorme y temible Knido Vermicioso con el trasero morado. El señor Wonka no le tenía miedo, pero la abuela Josephine estaba aterrada. Cada vez que lo miraba dejaba oír un agudo grito y se cubría los ojos con las manos. Pero treinta y cuatro mil kilómetros por hora, por supuesto, no son nada para un Knido. Los Knidos jóvenes y saludables suelen recorrer un millón de kilómetros entre el almuerzo y la cena, y otro millón antes del desayuno del día siguiente. ¿De qué otro modo iban a viajar entre el planeta Vermes y las demás estrellas? El señor Wonka debía haberlo sabido y habría ahorrado así combustible, pero siguió adelante a toda velocidad, y el Knido gigante siguió también a su lado sin esfuerzo aparente, mirando dentro del ascensor con su malévolo ojo rojo. «Me habéis hecho daño en el trasero —parecía decir el Knido—, y acabaré agarrándoos por eso».

Llevaban ya cuarenta y cinco minutos girando alrededor de la Tierra de esa forma cuando Charlie, que estaba flotando cómodamente junto al abuelo Joe cerca del techo, dijo de pronto:

—¡Hay algo ahí adelante! ¿Lo ves, abuelo? ¡Justo delante de nosotros!

—¡Sí que puedo verlo, Charlie! ¡Dios mío! ¡Es el hotel espacial!

—No puede ser, abuelo. Lo dejamos atrás hace mucho tiempo.

—Ajá —dijo el señor Wonka—. Hemos ido tan deprisa que hemos dado una vuelta completa a la Tierra y ahora volvemos al punto de partida. ¡Un espléndido esfuerzo!

—¡Y allí está la cápsula conmutadora! ¿La ves, abuelo? ¡Justo detrás del hotel espacial!

—¡También hay algo más allí, Charlie, si no me equivoco!

—¡Ya sé lo que son! —gritó la abuela Josephine—. ¡Son Knidos Vermiciosos! ¡Retrocedamos ahora mismo!

—¡Retroceda! —gritó la abuela Georgina—. ¡Vuelva atrás!

—Querida señora —dijo el señor Wonka—, esto no es un automóvil en una autopista. Cuando

se está en órbita, no se puede parar, y no se puede retroceder.

—¡Eso no me importa! —gritó la abuela Josephine—. ¡Ponga los frenos! ¡Deténgase! ¡Vuelva atrás! ¡Los Knidos nos atraparán!

—Bueno, dejémonos de una vez por todas de decir tonterías —pidió severamente el señor Wonka—. Saben muy bien que mi ascensor es a prueba de Knidos. No hay nada que temer.

Ahora ya estaban más cerca y podían ver a los Knidos saliendo de la parte trasera del hotel espacial y arremolinándose como avispas alrededor de la cápsula conmutadora.

—¡Están atacándola! —exclamó Charlie—. ¡Están atacando la cápsula conmutadora!

Era un espectáculo terrible. Los enormes Knidos en forma de huevo se estaban agrupando en escuadrones de unos veinte Knidos por escuadrón. Luego cada escuadrón se formaba en línea dejando un metro entre cada Knido. Entonces, uno tras otro, los escuadrones empezaron a atacar la cápsula conmutadora. Atacaban marcha atrás, con

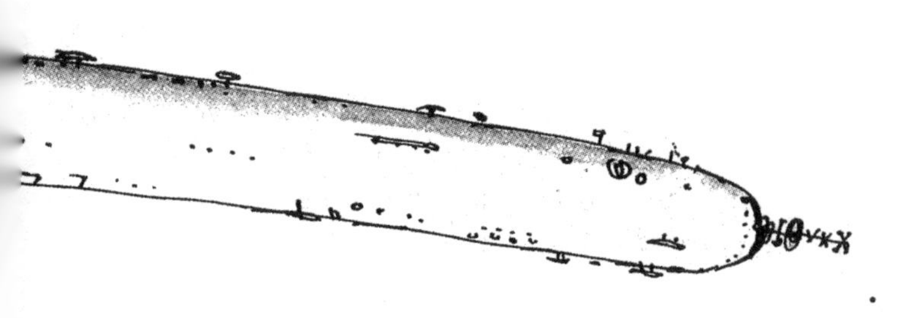

sus puntiagudas colas de frente, y lo hacían a una fantástica velocidad.

¡*Wham*! Un escuadrón atacó, rebotó y se alejó.

¡*Crash*! Otro escuadrón se estrelló contra un costado de la cápsula conmutadora.

—¡Sáquenos de aquí, insensato! —gritó la abuela Josephine— ¿A qué está esperando?

—¡Ahora se volverán contra nosotros! —gritó la abuela Georgina—. ¡En nombre del cielo, volvamos atrás!

—Dudo mucho que esa cápsula sea a prueba de Knidos —dijo el señor Wonka.

—¡Entonces tenemos que ayudarles! —gritó Charlie—. ¡Tenemos que hacer algo! ¡Hay ciento cincuenta personas dentro de esa cápsula!

En la Tierra, en el despacho de la Casa Blanca, el presidente y sus consejeros oían con horror las voces de los astronautas a través de la radio.

—¡Vienen a por nosotros en manadas! —gritaba Shuckworth—. ¡Nos están destrozando!

—Pero ¿quiénes? —insistió el presidente—. ¡Ni siquiera nos han dicho quiénes son los que les atacan!

—¡Unos enormes monstruos color verde pardusco con ojos rojos! —gritó Shanks, interrumpiendo—. Tienen forma de inmensos huevos y vienen hacia nosotros marcha atrás.

—¿Marcha atrás? —preguntó el presidente—. ¿Por qué marcha atrás?

—¡Porque sus traseros son más puntiagudos que sus cabezas! —gritó Shuckworth—. ¡Cuidado! ¡Aquí viene otro escuadrón! ¡*Bang*! ¡No podremos seguir soportando esto durante mucho tiempo, señor presidente! Las camareras están gritando y las criadas se han vuelto histéricas, y los botones están vomitando y los conserjes están rezando. ¿Qué hacemos, señor presidente? ¿Qué podemos hacer?

—¡Dispare sus cohetes, idiota, y regrese a la atmósfera! —ordenó el presidente—. ¡Vuelva a la Tierra inmediatamente!

—¡Eso es imposible! —gritó Showler—. ¡Nos han destrozado los cohetes! ¡Los han roto en mil pedazos!

—¡Estamos perdidos, señor presidente! —gritó Shanks—. ¡Estamos condenados! Porque aun cuando no consigan destruir la cápsula, ¡tendremos que quedarnos en órbita el resto de nuestra vida! ¡No podemos volver a Tierra sin cohetes!

El presidente estaba sudando, y el sudor le corría por la nuca y se le metía por el cuello de la camisa.

—¡Señor presidente, en cualquier momento —prosiguió Shanks— perderemos contacto con usted! Otro grupo se aproxima a nosotros por la izquierda y se dirige directamente a nuestra antena de radio. ¡Aquí vienen! No creo que podamos...

La voz se interrumpió. La radio quedó en silencio.

—¡Shanks! —llamó el presidente—. ¿Dónde está, Shanks? ¡Shuckworth! ¡Shanks! ¡Showler! ¡Showlworth! ¡Shicks! ¡Shankler!... ¡Shankworth! ¡Showl! ¡Shuckler! ¿Por qué no me contestan?

En el gran ascensor de cristal, donde no había radio y no podían oír ninguna de estas conversaciones, Charlie estaba diciendo:

—Sin duda, su única esperanza es volver a entrar en la atmósfera y dirigirse a la Tierra inmediatamente.

—Sí —dijo el señor Wonka—. Pero para poder volver a entrar en la atmósfera de la Tierra tienen que salir de órbita. Tienen que cambiar de curso y dirigirse hacia abajo, ¡y para hacerlo necesitan cohetes! ¡Pero los tubos de sus cohetes están abollados y torcidos! ¡Eso puedes verlo desde aquí! ¡Están averiados!

—¿Por qué no podemos arrastrarles nosotros? —preguntó Charlie.

El señor Wonka dio un salto. Aun flotando, se las arregló para dar un salto. Estaba tan excitado que saltó hacia arriba y dio con la cabeza en el techo. Luego dio tres vueltas en el aire y gritó:

—¡Charlie! ¡Es una magnífica idea! ¡Eso es! ¡Los arrastraremos fuera de órbita! ¡A los botones, deprisa!

—¿Y con qué los arrastraremos? —dijo el abuelo Joe—. ¿Con nuestras corbatas?

—¡No se preocupe por un detalle como ese! —gritó el señor Wonka—. ¡Mi gran ascensor de cristal está preparado para cualquier cosa! ¡Allá vamos! ¡Al asalto, queridos amigos, al asalto!

—¡Detenedlo! —ordenó la abuela Josephine.

—Cállate, Josie —dijo el abuelo Joe—. Allí hay gente que necesita ayuda y es nuestro deber prestársela. Si tienes miedo, lo mejor será que cierres los ojos y te tapes los oídos.

—¡Abuelo Joe! —gritó el señor Wonka—. ¡Hágame el favor de propulsarse hacia ese extremo del ascensor y haga girar esa manija! ¡Bajará la cuerda!

—¡Una cuerda no sirve, señor Wonka! ¡Los Knidos la romperán con los dientes en un segundo!

—Es una cuerda de acero —dijo el señor Wonka—. Está hecha de acero reforzado. ¡Si intentasen morderla, los dientes se les astillarían como palillos! ¡A los botones, Charlie! Tienes que ayudarme a maniobrar. ¡Pasaremos por encima de la cápsula conmutadora y luego intentaremos engancharla en algún sitio y asegurarnos de que esté bien afianzada!

Como un barco de guerra entrando en acción, el gran ascensor de cristal, con sus cohetes propulsores funcionando, se dirigió a la enorme cápsula conmutadora hasta situarse encima de ella. Los Knidos dejaron inmediatamente de atacar a la cápsula y se dirigieron al ascensor. Escuadrón tras escuadrón de gigantescos Knidos Vermiciosos se lanzaron furiosamente contra la maravillosa máquina del señor Wonka. ¡*WHAM*! ¡*CRASH*! ¡*BANG*! El ruido era atronador y terrible. El ascensor daba tumbos por el cielo como la hoja de un árbol, y dentro del mismo, la abuela Josephine, la abuela Georgina y el abuelo George, flotando en sus camisones, aullaban, gritaban y chillaban, agitando los brazos y pidiendo socorro. La señora Bucket se había abrazado al señor Bucket, y le apretaba tan fuerte que uno de los botones de su camisa se le clavó en la piel. Charlie y el señor Wonka, tan frescos como lechugas, estaban cerca del techo manipulando los controles de los cohetes propulsores, y el abuelo Joe, profiriendo gritos de guerra y amenazas a los Knidos, estaba abajo accionando la manija que hacía bajar la cuerda de acero. Al mismo tiempo observaba la cuerda a través del suelo de cristal del ascensor.

—¡Un poco a estribor, Charlie! —gritó el abuelo Joe—. ¡Ahora estamos justo encima de la cápsula! Avante unos dos metros, señor Wonka... ¡Estoy intentando insertar el gancho en esa protuberancia que tiene ahí delante!... ¡Alto! ¡Ya lo tengo! ¡Eso es!... ¡Avante un poco más, veamos si se mantiene!... ¡Más!... ¡Más!...

La gruesa cuerda de acero se estiró. ¡Se mantenía! ¡Y entonces, maravilla de maravillas, con los cohetes propulsores a toda marcha, el ascensor empezó a arrastrar la enorme cápsula conmutadora!

—¡Avante a toda marcha! —gritó el abuelo Joe—. ¡Se mantiene! ¡Se mantiene! ¡Se mantiene muy bien!

—¡Todos los cohetes en acción! —gritó el señor Wonka, y el ascensor aumentó su velocidad.

La cuerda seguía aguantando. El señor Wonka se propulsó hacia donde estaba el abuelo Joe y le estrechó calurosamente la mano.

—¡Buen trabajo, señor! —dijo—. ¡Ha hecho usted un magnífico trabajo bajo fuego cerrado!

Charlie miró a la cápsula conmutadora, a unas treinta yardas detrás de ellos, enganchada a la línea de arrastre. La cápsula tenía unas pequeñas ventanas en su parte delantera, y a través de estas pudo ver claramente las atónitas caras de Shuckworth, Shanks y Showler. Charlie les saludó con la mano y les hizo una señal con el pulgar hacia arriba. Ellos no contestaron al saludo. Se limitaron a mirarle asombrados. No podían creer lo que estaba ocurriendo.

El abuelo Joe se impulsó hacia arriba y flotó junto a Charlie, muy excitado.

—Charlie, muchacho —dijo—, últimamente hemos hecho juntos cosas muy extrañas, ¡pero nunca nada como esto!

—Abuelo, ¿dónde están los Knidos? ¡Han desaparecido de pronto!

Todos miraron a su alrededor. El único Knido a la vista era su viejo amigo el del trasero morado, que seguía aún junto al gran ascensor de cristal observando a los que iban dentro.

—¡Un momento! —gritó la abuela Josephine—. ¿Qué es eso que veo allí?

Volvieron a mirar y esta vez, sin duda alguna, vieron en la distancia, en el profundo azul del cielo espacial, una inmensa nube de Knidos Vermiciosos volando en círculos como una flota de bombarderos.

—¡Si cree que ya estamos fuera de peligro, está loco! —gritó la abuela Georgina.

—¡Yo no les tengo miedo a los Knidos! —dijo el señor Wonka—. ¡Ahora ya les hemos derrotado!

—¡Pamplinas y tonterías! —exclamó la abuela Josephine—. ¡En cualquier momento volverán a echarse sobre nosotros! ¡Mírelos! ¡Allá vienen! ¡Se acercan cada vez más!

Era verdad. La inmensa flota de Knidos se había acercado a increíble velocidad y volaba ahora al mismo nivel del gran ascensor de cristal, a unos doscientos metros a su derecha. El Knido del trasero morado estaba mucho más cerca, a sólo unos veinte metros del mismo lado.

—¡Está cambiando de forma! —gritó Charlie—. ¡El que está más cerca! ¿Qué es lo que va a hacer? ¡Se está haciendo cada vez más largo!

Y así era, efectivamente. El gigantesco cuerpo en forma de huevo se estaba estirando despacio como un trozo de chicle, haciéndose cada vez más largo y cada vez más delgado, hasta que por fin se asemejó a una larga y viscosa serpiente de color verdoso, tan gruesa como el tronco de un árbol y tan larga como un campo de fútbol. En el extremo delantero estaban los ojos, grandes y blancos con pupilas rojas, y el extremo trasero era una especie de cola en cuya punta podía verse el enorme bulto hinchado que se había producido el Knido cuando chocó contra el cristal.

Los que flotaban dentro del ascensor observaban y esperaban. Entonces vieron que el largo Knido en forma de cuerda se volvía y se dirigía, lenta pero directamente, hacia el gran ascensor de cristal. Entonces empezó a envolver su cuerpo alrededor de este. Una vuelta..., dos vueltas... Y resultaba bastante aterrador estar dentro viendo el blando cuerpo verdoso aplastándose contra el exterior del cristal, a muy pocos centímetros de distancia.

—¡Nos está atando como a un paquete! —gritó la abuela Josephine.

—¡Pamplinas! —dijo el señor Wonka.

—¡Nos aplastará como un tentáculo! —gimió la abuela Georgina.

—¡Nunca! —el señor Wonka intentó calmarla.

Charlie echó una rápida mirada a la cápsula conmutadora. Las caras de Shuckworth, Shanks y Showler, pálidas como una sábana, estaban apretadas contra el cristal de las pequeñas ventanas, aterrorizadas, atónitas, estupefactas, con la boca abierta y reflejando una helada expresión. Una vez más, Charlie les hizo una señal con el pulgar hacia arriba. Showler le contestó con una sonrisa estupidizada, pero eso fue todo.

—¡Oh, oh, oh! —gritó la abuela Josephine—. ¡Alejen de aquí a ese horrible animal!

Una vez que hubo enrollado su cuerpo dos veces alrededor del ascensor, el Knido procedió a atar un nudo con sus dos extremos, un nudo muy fuerte, de derecha a izquierda y luego de izquierda a derecha. Cuando hubo apretado bien el nudo, quedaron unos cinco metros sueltos en uno de los extremos. Este era el extremo donde el Knido tenía los ojos. Pero no quedó suelto por mucho tiempo. Rápidamente se curvó, tomando la forma de un enorme gancho, y el gancho se extendió hacia afuera desde un lado del ascensor, como esperando engancharse con otra cosa.

Mientras ocurría todo esto, nadie se había percatado de lo que estaban haciendo los demás Knidos.

—¡Señor Wonka! —gritó Charlie—. ¡Mire a los demás! ¿Qué están haciendo?

¿Qué hacían, ciertamente?

Estos también habían cambiado de forma y se habían vuelto más largos, aunque no tan largos ni tan delgados como el primero. Cada uno de ellos se había convertido en una especie de gruesa barra, y la barra estaba curvada en ambos extremos —en el extremo de la cola y en el extremo de la cabeza—, de manera que formaba un gancho doble. Y ahora todos los ganchos empezaban a unirse formando una larga cadena —¡mil Knidos, uniéndose y curvándose en el cielo para formar una cadena de Knidos de media milla de largo o más!—. Y el Knido que estaba a la cabeza de la cadena (cuyo gancho no estaba, por supuesto, enganchado a nada) les conducía en un círculo muy amplio hacia el gran ascensor de cristal.

—¡Eh! —gritó el abuelo Joe—. ¡Van a engancharse a este monstruo que está abrazado a nosotros!

—¡Y van a arrastrarnos! —gritó Charlie.

—Al planeta Vermes —gimió la abuela Josephine—. ¡A dieciocho mil cuatrocientos veintisiete millones de kilómetros!

—¡No pueden hacer eso! —gritó el señor Wonka—. ¡Aquí somos nosotros los que arrastramos!

—¡Van a acoplarse, señor Wonka! —dijo Charlie—. ¡De verdad! ¿No podemos impedírselo? ¡Van a arrastrarnos con ellos, y también arrastrarán a los que estamos arrastrando nosotros!

—¡Haga algo, viejo loco! —chilló la abuela Georgina—. ¡No se quede ahí flotando!

—Debo admitir —comentó el señor Wonka— que por primera vez en mi vida me encuentro sin saber qué hacer.

Todos miraron horrorizados a través del cristal a la larga cadena de Knidos Vermiciosos. El que estaba al frente de la cadena se acercaba cada vez más. El gancho, provisto de dos grandes ojos airados, estaba ya preparado. Dentro de treinta segundos se uniría al gancho del Knido que se había enroscado al ascensor.

—¡Quiero irme a mi casa! —gimió la abuela Josephine—. ¿Por qué no podemos irnos todos a casa?

—¡Por todos los santos! —gritó el señor Wonka—. ¡Claro que nos iremos a casa! ¿En qué puedo haber estado pensando? —¡Vamos, Charlie! ¡Deprisa! ¡REENTRADA! ¡Encárgate del botón amarillo! ¡Apriétalo con todas tus fuerzas! ¡Yo me ocuparé de estos!

Charlie y el señor Wonka volaron literalmente a los botones.

—¡Sujétense los sombreros! —gritó el señor Wonka—. ¡Prepárense! ¡Vamos a bajar!

Los cohetes del ascensor empezaron a disparar por todos lados. El ascensor se inclinó, dio un vuelco estremecedor y luego se precipitó hacia abajo, en dirección a la atmósfera de la Tierra, a una velocidad colosal.

—¡Retro-cohetes! —gritó el señor Wonka—. ¡No debo olvidar disparar los retro-cohetes!

Se dirigió volando hacia otra serie de botones y empezó a apretarlos como quien pulsa las teclas de un piano.

El ascensor se precipitaba hacia abajo de cabeza, al revés, y todos los pasajeros se encontraron flotando también cabeza abajo.

—¡Socorro! —gritó la abuela Georgina—. ¡Toda la sangre se me está subiendo a la cabeza!

—¡Entonces dese la vuelta! —dijo el señor Wonka—. Eso es bastante fácil, ¿no?

Todo el mundo empezó a jadear y a dar vueltas de campana en el aire hasta que, por fin, consiguieron dar la vuelta.

—¿Qué tal se mantiene la cuerda de arrastre, abuelo? —dijo el señor Wonka.

—¡Aún siguen con nosotros, señor Wonka! ¡La cuerda se mantiene muy bien!

Era un espectáculo asombroso: el gran ascensor precipitándose hacia abajo y arrastrando detrás de sí la enorme cápsula conmutadora. Pero la larga cadena de Knidos les estaba siguiendo, manteniendo fácilmente su misma velocidad, y ahora el gancho del Knido a la cabeza se estaba estirando, intentando alcanzar el gancho hecho por el Knido enroscado al ascensor.

—¡Es demasiado tarde! —gritó la abuela Georgina—. ¡Van a acoplarse a nosotros y arrastrarnos de vuelta!

—Me parece que no —dijo el señor Wonka—. ¿No recuerdan lo que ocurre cuando un Knido penetra en la atmósfera de la Tierra a gran velocidad? Se pone al rojo vivo. Arde, dejando una estela de llamas. Se convierte en un Knido fugaz. ¡Pronto estos sucios animales empezarán a estallar como palomitas de maíz!

A medida que avanzaba hacia abajo, empezaron a salir chispas de los costados del ascensor. El cristal comenzó a ponerse de color rosado, luego rojo, luego escarlata. También salían chispas de la larga cadena de Knidos, y el que iba a la cabeza brillaba como un hierro candente. Lo mismo ocurrió con los demás. Y lo mismo le sucedió al enorme y viscoso Knido enroscado al ascensor. De hecho, este intentaba frenéticamente desenroscarse y huir, pero no lograba desatar el nudo, y al cabo de otros diez segundos empezó a crepitar. Dentro del ascensor podía oírsele crepitar. El ruido era parecido al que hace el tocino cuando se fríe. Y exactamente lo mismo les estaba sucediendo a los otros mil Knidos de la cadena. El tremendo calor les estaba friendo. Estaban al rojo vivo todos ellos. Entonces, instantáneamente, se pusieron incandescentes y emitieron una deslumbradora luz blanca.

—¡Son Knidos fugaces! —gritó Charlie.

—¡Qué espectáculo más espléndido! —dijo el señor Wonka—. ¡Es mejor que los fuegos artificiales!

Al cabo de pocos segundos, los Knidos habían estallado en una nube de cenizas y todo había terminado.

—¡Lo hemos conseguido! —gritó el señor Wonka—. ¡Los hemos asado! ¡Los hemos frito! ¡Estamos salvados!

—¿Cómo que estamos salvados? —dijo la abuela Josephine—. Nosotros también nos freiremos como esto siga mucho tiempo. ¡Nos coceremos como filetes! ¡Mire ese cristal! ¡Está más caliente que una parrilla!

—No tema, mi querida señora —respondió el señor Wonka—. Mi ascensor tiene aire acondicionado, está ventilado, aireado y automatizado en todo sentido. Ahora no puede ocurrirnos nada.

—No tengo la menor idea de lo que está sucediendo —intervino la señora Bucket, que no hablaba casi nunca—. Pero sea lo que sea, no me gusta.

—¿No lo estás pasando bien, mamá? —le preguntó Charlie.

—No —dijo ella—, no lo estoy pasando bien. Ni tu padre tampoco.

—¡Qué gran espectáculo es este! —dijo el señor Wonka—. ¡Mira la Tierra allá abajo, Charlie, haciéndose cada vez más grande!

—¡Y nosotros vamos a su encuentro a dos mil kilómetros por hora! —gimió la abuela Georgina—. ¿Cómo va a aminorar la velocidad? No ha pensado en eso, ¿verdad?

—Tiene paracaídas —dijo Charlie—. Apuesto a que tiene unos grandes paracaídas que se abrirán antes de llegar.

—¡Paracaídas! —dijo el señor Wonka con desprecio—. ¡Los paracaídas solo son para los astronautas y los miedicas. Y, de todos modos, no queremos disminuir la velocidad. ¡Queremos aumentarla! Ya les he dicho que debemos ir a una tremenda velocidad cuando aterricemos. De otro modo, jamás conseguiremos atravesar el techo de la fábrica de chocolate.

—¿Y qué pasará con la cápsula conmutadora? —preguntó ansiosamente Charlie.

—La soltaremos dentro de unos segundos —contestó el señor Wonka—. Ellos sí tienen paracaídas, tres paracaídas, para reducir la velocidad en el último tramo.

—¿Cómo sabe que no aterrizaremos en el océano Pacífico? —preguntó la abuela Josephine.

—No lo sé —dijo el señor Wonka—. Pero todos sabemos nadar, ¿no?

—¡Este hombre —gritó la abuela Josephine— está más loco que una cabra!

—¡Está loco perdido! —chilló la abuela Georgina.

El gran ascensor de cristal seguía precipitándose hacia abajo. La Tierra estaba cada vez más cerca. Océanos y continentes iban a su encuentro, haciéndose cada vez más grandes...

—¡Abuelo Joe, señor! ¡Tire la cuerda! Déjela ir —ordenó el señor Wonka—. Ahora ya no tendrán problema, siempre que sus paracaídas funcionen.

—¡Ya he soltado la cuerda! —gritó el abuelo Joe, y la inmensa cápsula conmutadora, ya libre, empezó a alejarse hacia un lado.

Charlie saludó con la mano a los tres astronautas, que le miraban desde la ventana. Ninguno de ellos respondió al saludo. Aún seguían allí sentados en una especie de estupor, mirando a los ancianos y al niño flotar dentro del gran ascensor.

—Ya falta poco —dijo el señor Wonka, alargando la mano hacia una fila de diminutos botones color azul pálido que había en una esquina—. Pronto sabremos si saldremos de esta con vida. Cállense todos, por favor, para esta parte final. Tengo que concentrarme mucho, o si no nos equivocaremos de sitio.

Se hundieron en un denso banco de nubes, y durante diez segundos nadie pudo ver nada. Cuando salieron de las nubes, la cápsula conmutadora había desaparecido, la Tierra estaba muy cerca, y solo había debajo de ellos una gran extensión de tierra con bosques y montañas...; luego campos y árboles..., y luego un pequeño pueblo.

—¡Allí está! —gritó el señor Wonka—. ¡Mi fábrica de chocolate! ¡Mi amada fábrica de chocolate!

—Querrá usted decir la fábrica de chocolate de Charlie —dijo el abuelo Joe.

—¡Es verdad! —dijo el señor Wonka, dirigiéndose a Charlie—. ¡Me había olvidado! ¡Te pido disculpas, mi querido muchacho! ¡Por supuesto que es tuya! ¡Y allá vamos!

A través del suelo de cristal del ascensor, Charlie pudo ver fugazmente el enorme tejado rojo y las altas chimeneas de la gigantesca fábrica. Se dirigían directamente hacia ella.

—¡Retengan el aliento! —gritó el señor Wonka—. ¡Tápense la nariz! ¡Abróchense los cinturones y recen sus oraciones! ¡Vamos a atravesar el tejado!

Y entonces se oyó un estruendo de madera astillada y cristales rotos, y unos espantosos crujidos, y se hizo una total oscuridad, mientras el ascensor seguía su camino, chocando contra todo lo que se le ponía delante.

De pronto, los ruidos cesaron, el descenso se hizo más suave y el ascensor pareció estar viajando sobre rieles, balanceándose como el vagón de una montaña rusa. Y cuando se hizo la luz, Charlie se dio cuenta de pronto de que durante los últimos segundos había dejado de flotar. Ahora estaba de pie en el suelo. El señor Wonka también estaba en el suelo, y también lo estaban el abuelo Joe y el señor y la señora Bucket, y la inmensa cama. En cuanto a la abuela Josephine, la abuela Georgina y el abuelo George, debían de haber caído encima de la cama, porque se encontraban todos en ella intentando meterse debajo de las mantas.

—¡Ya está! —gritó el señor Wonka—. ¡Lo hemos conseguido! ¡Hemos llegado!

El abuelo Joe le agarró de la mano y dijo:

—¡Bien hecho, señor! ¡Espléndido! ¡Un magnífico trabajo!

—¿Dónde estamos ahora? —dijo la señora Bucket.

—¡Estamos de vuelta, mamá! —gritó Charlie—. ¡Estamos en la fábrica de chocolate!

—Me alegro mucho de oírlo —dijo la señora Bucket—. Pero ¿no hemos venido por un camino demasiado largo?

—Tuvimos que hacerlo —dijo el señor Wonka— para evitar el tráfico.

—¡Nunca he conocido a un hombre —dijo la abuela Georgina— que dijera tantas tonterías!

—Una tontería de vez en cuando le gusta al hombre más inteligente —dijo el señor Wonka.

—¿Por qué no cuida un poco de adónde se dirige este absurdo ascensor? —gritó la abuela Josephine—. ¡Y deje ya de dar saltitos!

—Unos saltitos de vez en cuando ayudan a conservar la juventud —dijo el señor Wonka.

—¿Qué les dije? —exclamó la abuela Georgina—. ¡Se ha vuelto loco! ¡Está más loco que una cabra! ¡Está como una regadera! ¡Tiene grillos en la cabeza! ¡Quiero irme a casa!

—Demasiado tarde —dijo el señor Wonka—. Ya hemos llegado.

El ascensor se detuvo. Las puertas se abrieron y Charlie se encontró una vez más ante la gran Sala de Chocolate, con su río y su catarata de chocolate, donde todo era comestible: los árboles, las hojas, la hierba, las piedrecillas y hasta las rocas.

Y allí, para recibirles, había cientos y cientos de minúsculos Oompa-Loompas, todos ellos gritando y agitando las manos. Era un espectáculo que le quitaba a uno el aliento. Hasta la abuela Georgina guardó un asombrado silencio durante algunos segundos. Pero no por mucho tiempo.

—¿Quiénes son esos hombrecillos tan peculiares? —dijo.

—Son Oompa-Loompas —contestó Charlie—. Son maravillosos. Te encantarán.

—*Ssshhh* —dijo el abuelo Joe—. Escucha, Charlie. Empiezan a sonar los tambores. Van a cantar.

¡Aleluya! ¡Qué alegría!
¡Willy Wonka ha vuelto! ¡Viva!
¡Te creíamos extraviado,
pensamos que nos habías dejado!
¡Mas has vuelto! ¡Menos mal!
¡Creímos que un monstruo espacial
había hecho de ti su cena
y nos daba mucha pena!

—¡Está bien! —exclamó el señor Wonka, riendo y levantando las manos—. Gracias por vuestra bienvenida. ¿Quiere alguno de vosotros ayudarme a sacar de aquí esta cama?

Cincuenta Oompa-Loompas se adelantaron corriendo y empujaron la cama, dentro de la que seguían los tres ancianos, fuera del ascensor. El señor y la señora Bucket, ambos completamente

abrumados por lo que veían, salieron también del ascensor. Luego los siguieron el abuelo Joe, Charlie y el señor Wonka.

—Y ahora —el señor Wonka se dirigió al abuelo George, a la abuela Georgina y a la abuela Josephine—, salgan todos de esa cama y nos pondremos a trabajar. Estoy seguro de que todos querrán ayudar a llevar la fábrica.

—¿Quiénes, nosotros? —dijo la abuela Josephine.

—Sí, ustedes —respondió el señor Wonka.

—Debe de estar bromeando —dijo la abuela Georgina.

—Yo nunca bromeo.

—Escúcheme bien, señor —interrumpió el viejo abuelo George, incorporándose en la cama—. ¡Ya nos ha metido usted en suficientes líos por un día!

—Y también les he sacado de ellos —el señor Wonka se defendió orgullosamente—. Y también voy a sacarles de esa cama. Ya lo verán.

Cómo fue inventado el Vita-Wonka

—¡No he salido de esta cama en veinte años, y no pienso hacerlo por nada del mundo —dijo firmemente la abuela Josephine.

—Ni yo —la secundó la abuela Georgina.

—Pues hace un momento estaban todos fuera de ella —dijo el señor Wonka.

—Estábamos flotando —aclaró el abuelo George—. No podíamos remediarlo.

—Nunca pusimos los pies en el suelo —dijo la abuela Josephine.

—Inténtenlo —sugirió el señor Wonka—. Podrían quedarse sorprendidos.

—Vamos, Josie —el abuelo Joe intentó animarla—. Haz la prueba. Yo lo hice. Fue fácil.

—Estamos perfectamente cómodos donde estamos, muchas gracias —le contestó la abuela Josephine.

El señor Wonka suspiró y movió la cabeza lenta y tristemente.

—Bueno —dijo—, qué le vamos a hacer.

Inclinó la cabeza y miró pensativamente a los tres ancianos en la cama, y Charlie, que le miraba con atención, vio cómo sus brillantes ojillos empezaban nuevamente a echar chispas.

«Ajá —pensó Charlie—. ¿Qué pasará ahora?».

—Supongo —dijo el señor Wonka, poniendo la punta de uno de sus dedos en la punta de su nariz y apretando suavemente—, supongo que ya que este es un caso muy especial... Supongo que podría darles un trocito de...

Se detuvo y agitó la cabeza.

—¿Un trocito de qué? —exclamó la abuela Josephine.

—No —dijo el señor Wonka—. No servirá de nada. Ustedes parecen haber decidido quedarse en la cama pase lo que pase. Y, de todas

formas, eso es demasiado valioso como para desperdiciarlo. Siento haberlo mencionado.

Y empezó a alejarse.

—¡Eh! —gritó la abuela Georgina—. No puede empezar algo para no seguir después. ¿Qué es demasiado valioso como para desperdiciarlo?

El señor Wonka se detuvo. Lentamente se volvió. Miró durante largo rato a los tres ancianos en la cama. Ellos le miraron a su vez, esperando. Se quedó en silencio un momento más, dejando que aumentase su curiosidad. Los Oompa-Loompas estaban inmóviles detrás de él, observándolo todo.

—¿Qué es eso de lo que está hablando? —dijo la abuela Georgina.

—¡Díganoslo, en nombre de Dios! —pidió la abuela Josephine.

—Muy bien. Se lo diré. Y escuchen con atención, porque esto podría cambiarles la vida entera. Hasta podría cambiarles a ustedes.

—¡Yo no quiero cambiar! —gritó la abuela Georgina.

—¿Me permite proseguir, señora? Gracias. No hace mucho tiempo, estaba yo en mi Sala de Invenciones, revolviendo potingues y mezclando cosas, cuando de pronto me di cuenta de que había hecho algo que parecía muy peculiar. Lo que había hecho cambiaba de color y de vez en cuando daba un saltito; realmente saltaba en el aire como si estuviera vivo. «¿Qué tenemos aquí?», grité, y me lo llevé rápidamente a la Sala de Pruebas, y le di un poco al Oompa-Loompa que estaba de turno allí en ese momento. ¡El resultado fue inmediato! ¡Asombroso! ¡Increíble! Y también bastante desafortunado.

—¿Qué ocurrió? —la abuela Georgina se incorporó en la cama.

—¿Que qué ocurrió? —dijo el señor Wonka.

—Conteste a la pregunta —exigió la abuela Josephine—. ¿Qué le sucedió al Oompa-Loompa?

—Ah —dijo el señor Wonka—. Sí... Bueno... No hay motivo para lamentarse por lo inevitable, ¿verdad? Verán, me di cuenta de que había descubierto una nueva y potentísima vitamina, y supe también que si conseguía hacerla inofensiva, si conseguía evitar que le hiciera a los demás lo que le hizo a ese Oompa-Loompa...

—¿Qué le hizo a ese Oompa-Loompa?

—Cuanto más viejo soy, más sordo me vuelvo —dijo el señor Wonka—. Por favor, la próxima vez levante un poco más la voz. Muchas gracias. Pues bien, yo tenía que encontrar una manera de hacer que esta vitamina fuese inofensiva, para que la gente pudiese tomarla sin...

—¿Sin qué? —exclamó la abuela Georgina.

—Sin dificultades —dijo el señor Wonka—. De modo que me arremangué y empecé a trabajar una vez más en la Sala de Invenciones. Hice mezclas y más mezclas. Debo haber intentado todas las mezclas posibles. Por cierto, hay un pequeño agujero en una de las paredes de la Sala de

Invenciones que conecta directamente con la Sala de Pruebas contigua, de modo que podía ir pasando mezclas para que las probara cualquier valiente voluntario que estuviese de turno. Bueno, las primeras semanas fueron bastante deprimentes, de modo que no hablaremos de ellas. En cambio, déjenme decirles lo que ocurrió a los ciento treinta y dos días de trabajo. Esa mañana había cambiado drásticamente la mezcla, y esta vez la pequeña píldora que produje no era tan activa ni parecía estar tan viva como las demás. Cambiaba de color, sí, pero sólo del amarillo limón al azul y luego de vuelta al amarillo. Y cuando la puse en la palma de mi mano, no empezó a saltar como una langosta. Sólo se agitó un poco, pero muy ligeramente.

»Corrí hacia el agujero de la pared que conectaba con la Sala de Pruebas. Aquella mañana, un Oompa-Loompa muy viejo estaba de turno. Era un anciano calvo, arrugado y sin dientes. Estaba en una silla de ruedas. Llevaba por lo menos quince años en esa silla de ruedas.

»"¡Esta es la prueba número ciento treinta y dos!", dije, escribiéndolo en la pizarra.

»Le entregué la píldora. Él la miró nerviosamente. No podía reprocharle que se sintiera un poco nervioso después de lo que les había ocurrido a los otros ciento treinta y un voluntarios.

—¿Qué les había pasado? —gritó la abuela Georgina—. ¿Por qué no responde a la pregunta, en lugar de saltársela a la torera?

—¿Quién sabe cómo salir de una rosa? —dijo el señor Wonka—. De modo que este valeroso Oompa-Loompa tomó la píldora y, con ayuda de un poco de agua, se la tragó. De pronto, ocurrió una cosa asombrosa. Ante mis propios ojos, su aspecto empezó a cambiar poco a poco. Un momento antes había sido prácticamente calvo, con solo una franja de pelo blanco como la nieve a los lados de la cabeza. Pero ahora la franja de pelo se estaba volviendo dorada, y por toda su cabeza empezaba a crecerle, como hierba, pelo rubio. En menos de medio minuto le había crecido una espléndida melena dorada. Al mismo tiempo, muchas de las arrugas empezaron a desaparecer de su rostro, no todas ellas, pero aproximadamente la mitad, lo suficiente como para darle un aspecto mucho más joven. Y todo esto debió de producirle una sensación muy agradable, porque empezó a sonreírme, y luego a reírse, y en cuanto abrió la boca, vi la cosa más extraña de todas. Le estaban creciendo dientes en sus viejas encías antes desdentadas, dientes blancos y fuertes, y le estaban creciendo tan deprisa que podía verlos volverse cada vez más grandes.

»Yo estaba demasiado asombrado para hablar. Me quedé allí, con la cabeza asomando por el agujero en la pared, mirando fijamente al pequeño Oompa-Loompa. Le vi levantarse lentamente de su silla de ruedas. Probó sus piernas en el suelo. Se puso de pie y dio unos pasos. Luego me miró con el rostro brillante. Sus ojos centelleaban como dos estrellas.

»"Mírame —dijo suavemente—. ¡Estoy caminando! ¡Es un milagro!".

»“¡Es el Vita-Wonka! —dije yo—. ¡El gran rejuvenecedor! ¡Te devuelve la juventud! ¿Qué edad te parece tener ahora?”.

»Él pensó cuidadosamente la pregunta, y luego dijo: “Me siento casi exactamente como me sentía cuando tenía cincuenta años”.

»“¿Qué edad tenías ahora mismo, cuando tomaste el Vita-Wonka?”, le pregunté yo.

»“Setenta en mi último cumpleaños”, contestó él.

»“Eso significa —dije yo— que te ha rejuvenecido veinte años”.

»“¡Sí, sí! —exclamó encantado—. ¡Me siento tan saltarín como una rana!”.

»“No lo bastante —dije yo—. Cincuenta años es aún bastante viejo. Veamos si no podemos ayudarte un poco más. Quédate donde estás. Volveré dentro de un momento”.

»Corrí a mi mesa de trabajo y preparé rápidamente otra píldora de Vita-Wonka, empleando exactamente los mismos ingredientes que antes.

»“Tómate esto”, le dije, pasando la píldora a través del agujero. Esta vez el Oompa-Loompa no lo dudó. Se la metió apresuradamente en la boca y se la tomó con un trago de agua. Al cabo de medio minuto, otros veinte años habían desaparecido de su cara y de su cuerpo, y se había convertido en un ágil y delgado joven Oompa-Loompa de treinta años. Dio un salto de alegría y empezó a bailar por la habitación, brincando muy alto y aterrizando sobre las puntas de sus pies. "¿Estás contento?", le pregunté.

»"¡Estoy feliz! —gritó, saltando una y otra vez—. ¡Tan feliz como un caballo en un campo de heno!". Salió corriendo de la Sala de Pruebas para que le vieran su familia y sus amigos.

»Y así fue inventado el Vita-Wonka —dijo el señor Wonka—. Y así fue como lo hice apto para que lo pudiese tomar cualquiera».

—¿Entonces por qué no lo toma usted mismo? —dijo la abuela Georgina—. Usted le dijo a Charlie que se estaba volviendo demasiado viejo para dirigir la fábrica, así que ¿por qué no se toma un par de esas píldoras y se vuelve cuarenta años más joven? Dígamelo.

—Cualquiera puede hacer preguntas —dijo el señor Wonka—. Son las respuestas las que cuentan. Bien, si alguno de los que está en la cama quiere tomar una dosis...

—¡Un momento! —dijo la abuela Josephine, incorporándose—. Primero me gustaría ver a ese Oompa-Loompa de setenta años que ahora tiene treinta.

El señor Wonka chasqueó los dedos. Un diminuto Oompa-Loompa, de aspecto vivaz y juvenil, se adelantó de entre la multitud y ejecutó una maravillosa danza ante los tres ancianos en la cama.

—Hace dos semanas tenía setenta años y estaba en una silla de ruedas —dijo orgullosamente el señor Wonka—. ¡Y mírenlo ahora!

—¡Los tambores, Charlie! —dijo el abuelo Joe—. ¡Escucha! ¡Vuelven a empezar!

Más lejos, en la orilla del río de chocolate, Charlie pudo ver a la orquesta de Oompa-Loompas que empezaba a tocar otra vez. Había veinte Oompa-Loompas en la orquesta, cada uno de ellos con un enorme tambor dos veces más grande que él, y estaban marcando un lento ritmo misterioso que, al cabo de poco tiempo, hizo que todos los demás cientos de Oompa-Loompas empezaran a balancearse de uno a otro lado, en una especie de trance. Luego empezaron a cantar:

Si ya estás viejo y acabado,
si eres un ser malhumorado
porque te duelen los riñones,

crujen tus articulaciones,
las piernas ya no te sostienen,
y nada en la vida te entretiene,
entonces hazme caso a mí:
¡el Vita-Wonka es para ti!
¡Te sentirás fortalecido,
feliz y rejuvenecido!
Tu piel se volverá rosada,
y lisa en vez de arrugada,
tus ojos se harán más brillantes
y volverás a ver como antes.
Tus labios, ahora tan marchitos,
se volverán más bonitos.
Tu pelo volverá a crecer
tan sano y fuerte como ayer.
Y aunque tu aspecto sea ideal,
eso no es lo principal.
¡Lo principal es que tendrás
para vivir veinte años más!
Así que, amigos, adelante,
no lo dudéis ni un solo instante.
¡Tomad ahora una pastilla,
y ya veréis qué maravilla!

—¡Aquí está! —gritó el señor Wonka, parado a los pies de la cama y sosteniendo en alto un pequeño frasco—. ¡El frasco de píldoras más valioso del mundo! Y, por cierto —continuó, con una mirada significativa hacia la abuela Georgina—, por eso yo no he tomado ninguna. Son demasiado valiosas como para desperdiciarlas conmigo.

Sostuvo el frasco por encima de la cama. Los tres ancianos se incorporaron y alargaron los delgados cuellos, intentando ver las píldoras que había dentro. Charlie y el abuelo Joe también se adelantaron para mirar. Lo mismo hicieron el señor y la Señora Bucket. La etiqueta decía:

VITA-WONKA

Cada píldora le vuelve exactamente 20 años más joven

¡PRECAUCIÓN!

No tomar más que bajo la prescripción del

SEÑOR WONKA

Todos podían ver las píldoras a través del cristal. Eran de color amarillo brillante, y se movían centelleando dentro del frasco. O sería más adecuado decir que vibraban. Vibraban tanto que cada píldora se hacía borrosa y no se podía ver su forma. Tan solo su color. Se tenía la impresión de que había algo muy pequeño, pero increíblemente potente, algo que no pertenecía enteramente a este mundo, encerrado dentro de ellas y pugnando por salir.

—Se están moviendo —dijo la abuela Georgina—. No me gustan las cosas que se mueven. ¿Cómo sabemos que no seguirán moviéndose dentro de nosotros una vez que nos las hayamos tragado? Como esos frijoles saltarines de Charlie que me tragué yo hace dos años. ¿Lo recuerdas, Charlie?

—Yo te dije que no te los comieras, abuela.

—Siguieron saltando dentro de mí durante un mes. No podía estarme quieta.

—Si voy a tomarme una de esas píldoras, quiero saber antes de qué están hechas —comentó la abuela Josephine.

—No se lo reprocho —dijo el señor Wonka—. Pero la receta es extremadamente complicada. Esperen un momento. La tengo escrita en alguna parte...

Empezó a buscar en los bolsillos de su levita.

—Sé que la debo de tener por aquí. No puedo haberla perdido. Guardo todas mis cosas más importantes en estos bolsillos. El problema es que hay tantos...

Empezó a vaciar los bolsillos y a poner su contenido encima de la cama: una catapulta casera, un yo-yó, un huevo frito hecho de goma, una loncha de salami, un diente con un empaste, un paquete de polvos pica-pica...

—Debe de estar aquí. Debe de estar aquí —mascullaba—. La he guardado tan cuidadosamente... ¡Ah! ¡Aquí está!

Desdobló una arrugada hoja de papel, la alisó, la sostuvo en alto y empezó a leer lo siguiente:

RECETA PARA PREPARAR VITA-WONKA

Tómese un bloque del chocolate más fino de una tonelada de peso (o veinte sacos de chocolate en trozos; lo que resulte más fácil). Pónga-

se el chocolate en un gran caldero y derrítase en una hornalla muy caliente. Una vez derretido, bájese el fuego para no quemar el chocolate, pero manténgase hirviendo. Luego añádanse los siguientes ingredientes, exactamente en el orden en que se enumeran más abajo, revolviendo todo el tiempo y dejando que cada uno de los ingredientes se derrita antes de añadir el siguiente:

LA PEZUÑA DE UNA MANTICORA.
LA TROMPA (Y LA TROMPETA) DE UN ELEFANTE.
LAS YEMAS DE TRES HUEVOS DE UN PÁJARO LOCO.
LA VERRUGA DE UN CERDO SALVAJE.
EL CUERNO DE UNA VACA (DEBE SER UN CUERNO MUY SONORO).
LA COLA FRONTAL DE UNA CACATÚA.
SEIS ONZAS DE PATAS DE CIEMPIÉS.
DOS PELOS DE LA CABEZA DE UN HIPOCAMPO.
EL PICO DE UN ALBATROS DE PECHO ROJO.
EL CALLO DE UNA PATA DE UNICORNIO.
LOS CUATRO TENTÁCULOS DE UN PULPO.
EL HIPO (Y LA POTA) DE UN HIPOPÓTAMO.
EL HOCICO DE UN CANGURO.
UN LUNAR DE TOPO.
LA PIEL DE UN GATO MANCHADO.
LAS CLARAS DE UNA DOCENA DE HUEVOS DE AVESTRUZ.

LOS TRES PIES DE UN CALENDÓPULO.
(SI NO SE PUEDEN CONSEGUIR TRES PIES, UNA YARDA SERVIRÁ).
LA RAÍZ CUADRADA DE UN ÁBACO SUDAMERICANO.
LOS COLMILLOS DE UNA VÍBORA.
LA PECHUGA DE UNA PERDIZ SALVAJE.

Cuando se hayan disuelto todos estos ingredientes, hiérvase durante veintisiete días, pero sin revolver. Al cabo de este tiempo, todo el líquido se habrá evaporado, y en el fondo del caldero sólo quedará un trozo de sustancia color marrón del tamaño de una pelota de fútbol. Rómpase esto con un martillo y en el centro se encontrará una pequeña píldora redonda. Esta píldora es Vita-Wonka.

ADIÓS, GEORGINA

Cuando el señor Wonka hubo terminado de leer la receta, dobló cuidadosamente el papel y volvió a metérselo en el bolsillo.

—Una mezcla muy, muy complicada. ¿Les extraña ahora que me llevara tanto tiempo conseguirla?

Elevó el frasco y lo agitó un poco, y las píldoras tintinearon dentro como cuentas de cristal.

—Y ahora, señor —dijo, ofreciendo el frase al abuelo George—, ¿quiere tomar una o dos píldoras?

—¿Me jura solemnemente —preguntó el abuelo George— que hará el efecto que usted dice que hace, y nada más?

El señor Wonka se colocó su mano libre sobre el corazón.

—Lo juro.

Charlie dio un paso adelante. El abuelo Joe hizo lo mismo. Los dos siempre se mantenían muy juntos.

—Perdone que le pregunte esto —dijo Charlie—, pero ¿está seguro de que la fórmula es correcta?

—¿Por qué me haces una pregunta tan extraña? —dijo el señor Wonka.

—Estaba pensando en el chicle que dio a Violet Beauregarde —dijo Charlie.

—Ah, ¿de modo que es eso lo que te preocupa? —exclamó el señor Wonka—. ¿Pero no comprendes, mi querido muchacho, que yo nunca le di ese chicle a Violet? Ella me lo quitó sin permiso. Y yo le grité: «¡Alto! ¡No! ¡Escúpelo!». Pero esa tonta de chica no me hizo ningún caso. El Vita-Wonka es muy diferente. Yo les estoy ofreciendo estas píldoras a tus abuelos. Se las estoy recomendando. Y si se las toman de acuerdo con mis instrucciones, ¡son tan inofensivas como un caramelo!

—¡Claro que sí! —exclamó el señor Bucket—. ¿A qué estáis esperando?

Un extraordinario cambio se había producido en el señor Bucket desde que había entrado en la Sala de Chocolate. Normalmente, era una persona muy tímida. Una vida entera dedicada a ajustar las tapas de tubos de pasta de dientes, en una fábrica de pasta de dientes, le habían convertido en un hombre bastante tímido y callado. Pero la visión de la maravillosa fábrica de chocolate le había levantado los ánimos. Lo que es más, este asunto de la píldora parecía haberle dado nuevos impulsos.

—¡Escuchad! —gritó, acercándose al borde de la cama—. ¡El señor Wonka os está ofreciendo una nueva vida! ¡Aprovechadla mientras podáis!

—Es una sensación deliciosa —dijo el señor Wonka—. Y es muy rápida. Se pierde un año por segundo. Por cada segundo que pasa, uno rejuvenece un año exactamente.

Dio un paso adelante y colocó el frasco de píldoras suavemente en el medio de la cama.

—De modo que aquí las tienen, amigos míos —dijo—. ¡Sírvanse!

Los Oompa-Loompas comenzaron a cantar:

¡Vamos, amigos, hacedlo enseguida!
¡Esta pildorita os cambiará la vida!
Tomad una dosis de esta maravilla
con un trago de agua. La cosa es sencilla.
¡Qué descubrimiento! ¡Es como una bomba!
ES DE WILLY WONKA y es el... ¡VITA-WONKA!

Esto fue demasiado para los ancianos acostados. Los tres se abalanzaron sobre el frasco. Seis esqueléticas manos salieron de debajo de las mantas e intentaron apoderarse de él. Lo consiguió la abuela Georgina. Dio un gruñido de triunfo, desenroscó la tapa y volcó todas las píldoras amarillas sobre la manta que cubría sus rodillas. Las protegió con una mano para que los demás no pudiesen quitárselas.

—¡Muy bien! —gritó excitada, contándolas rápidamente—. Aquí hay doce píldoras. ¡Seis para mí y tres para cada uno de vosotros!

—¡Eh! ¡Eso no es justo! —chilló la abuela Josephine—. ¡Son cuatro para cada uno!

—¡Cuatro cada uno es lo correcto! —gritó el abuelo George—. ¡Vamos, Georgina! ¡Dame mi parte!

El señor Wonka se encogió de hombros y les volvió la espalda. Detestaba las peleas. Detestaba que la gente se volviese acaparadora y egoísta. Que lo discutieran entre ellos, pensó, y se alejó de allí. Se dirigió lentamente hacia la cascada de chocolate. Era una triste verdad, reflexionó, que toda la gente del mundo se comportara mal cuando había en juego algo importante. Por lo que más se peleaban era por el dinero. Pero estas píldoras eran más valiosas que el dinero. Podían hacer cosas por ti que ningún dinero en el mundo podía hacer. Valía por lo menos un millón de dólares cada píldora. Él conocía muchos hombres ricos que pagarían gustosamente esa suma para volverse veinte años más jóvenes. El señor Wonka llegó hasta la orilla del río, debajo de la cascada, y se quedó allí contemplando las salpicaduras del chocolate que caía. Había tenido la esperanza de que el ruido de la cascada ahogase las voces de los ancianos abuelos acostados, pero no fue así. Aun dándoles la espalda, no podía evitar oír casi todo lo que decían.

—¡Yo las agarré primero! —gritaba la abuela Georgina—. ¡Seré yo quien os las dé!

—¡Oh, no, nada de eso! —chilló la abuela Josephine—. ¡Él no te las ha dado a ti! ¡Nos las ha dado a los tres!

—¡Yo quiero mi parte, y nadie va a impedirme tomarla! —gritó el abuelo George—. ¡Vamos, mujer! ¡Dámelas!

Luego se oyó la voz del abuelo Joe, interrumpiendo severamente la pelea.

—¡Callaos ahora mismo! —ordenó—. ¡Los tres! ¡Os estáis comportando como salvajes!

—¡Tú no te metas en esto, Joe, y cuídate de tus propios asuntos! —dijo la abuela Josephine.

—Ten cuidado, Josie —dijo el abuelo Joe—. De todas maneras, cuatro píldoras son demasiadas para una persona.

—Es cierto —dijo Charlie—. Por favor, abuela, ¿por qué no tomáis una o dos cada uno, como dijo el señor Wonka, y eso dejará algunas para el abuelo Joe, y para papá y mamá.

—¡Sí! —dijo el señor Bucket—. ¡A mí me encantaría tomar una!

—Oh, ¿no sería maravilloso —dijo la señora Bucket— tener veinte, y que no le duelan a uno más los pies? ¿No podrías darnos una a cada uno, mamá?

—Me temo que no —dijo la abuela Georgina—. Estas píldoras están especialmente reservadas para los que estamos en la cama. Lo ha dicho el señor Wonka.

—¡Yo quiero mi parte! —gritó el abuelo George—. ¡Vamos, Georgina! ¡Empieza a repartirlas!

—¡Eh, déjame, bruto! —gritó la abuela Georgina—. ¡Me estás haciendo daño! ¡Au!... Está bien. ¡Está bien! Las compartiré si dejas de retorcerme el brazo... Así está mejor... Aquí hay cuatro para Josephine..., cuatro para George... y cuatro para mí.

—Bien —dijo el abuelo George—. Y ahora, ¿quién tiene un poco de agua?

Sin necesidad de volverse, el señor Wonka sabía que tres Oompa-Loompas se acercarían corriendo a la cama con tres vasos de agua. Los Oompa-Loompas siempre estaban dispuestos a ayudar. Hubo una breve pausa, y luego:

—Bueno, allá va —gritó el abuelo George.

—¡Joven y guapa, eso es lo que seré! —gritó la abuela Josephine.

—¡Adiós, vejez! —gritó la abuela Georgina—. ¡Ahora todos a la vez! ¡Tomaros la píldora!

Se hizo un silencio. El señor Wonka se moría por volverse y mirar, pero se obligó a sí mismo a esperar. Con el rabillo del ojo podía ver a un grupo de Oompa-Loompas, inmóviles, con los ojos fijos en la gran cama cerca del ascensor. Luego, la voz de Charlie rompió el silencio.

—¡Caray! —gritó—. ¡Mirad eso! ¡Es fantástico! ¡Es... es increíble!

—¡No puedo creerlo! —gritó el abuelo Joe—. ¡Se están volviendo cada vez más jóvenes! ¡De veras! ¡Mira el pelo del abuelo George!

—¡Y sus dientes! —gritó Charlie—. ¡Eh, abuelo! ¡Te están volviendo a salir unos hermosos dientes blancos!

—¡Mamá! —le gritó la señora Bucket a la abuela Georgina—. ¡Oh, mamá! ¡Estás guapísima! ¡Y tan joven! ¡Y mira a papá! —prosiguió, señalando al abuelo George—. ¿No está guapísimo?

—¿Qué se siente, Josie? —preguntó excitado el abuelo Joe—. ¡Dinos qué se siente al volver a tener treinta años! ¡Espera un momento! ¡Pareces más joven de treinta años! ¡Ahora no puedes tener más de veinte años! Pero ya es suficiente, ¿no crees?... Yo que tú me detendría. ¡Veinte años ya es bastante joven!

El señor Wonka agitó tristemente la cabeza y se pasó una mano por los ojos. De haber estado muy cerca de él, podría habérsele oído murmurar muy suavemente:

—Oh, vaya, vaya, ya empezamos otra vez...

—¡Mamá! —gritó la señora Bucket, y ahora había una aguda nota de alarma en su voz—. ¿Por qué no lo dejas, mamá? ¡Estás yendo demasiado lejos! ¡Tienes menos de veinte años! ¡No puedes tener más de quince! ¡Tienes... tienes... tienes diez! ¡Te estás volviendo más pequeña, mamá!

—¡Josie! —gritó el abuelo Joe—. ¡Eh, Josie! ¡No lo hagas, Josie! ¡Te estás encogiendo! ¡Eres una niña pequeña! ¡Que alguien la detenga! ¡Deprisa!

—¡Están yendo todos demasiado lejos! —gritó Charlie.

—Han tomado demasiado —sentenció el señor Bucket.

—Mamá se está encogiendo más deprisa que los demás —gimió la señora Bucket—. ¡Mamá! ¿No me oyes, mamá? ¿No puedes pararte?

—¡Dios mío, qué rápido es! —dijo el señor Bucket, que parecía ser el único que estaba disfrutando—. ¡Realmente es un año por segundo!

—¡Pero si apenas les quedan años! —gimió el abuelo Joe.

—Mamá tiene apenas cuatro años ahora —gritó la señora Bucket—. Tiene tres... dos... uno... ¡Dios mío! ¿Qué le está ocurriendo? ¿Dónde se ha ido? ¡Mamá! ¡Georgina! ¿Dónde estáis? ¡Señor Wonka, venga, deprisa! ¡Venga aquí, señor Wonka! ¡Algo terrible ha sucedido! Algo ha salido mal. ¡Mi madre ha desaparecido!

El señor Wonka dio un suspiro, se volvió y se dirigió lenta y calmosamente hacia la cama.

—¿Dónde está mi madre? —sollozó la señora Bucket.

—¡Mirad a Josephine! —gritó el abuelo Joe—. ¡Miradla, por favor!

El señor Wonka miró primero a la abuela Josephine. Esta estaba sentada en el medio de la cama, llorando a todo llorar.

—¡Gua! ¡Gua! ¡Gua! ¡Gua! ¡Gua! ¡Gua! ¡Gua!

—¡Es un bebé llorón! —gritó el abuelo Joe—. ¡Mi mujer es un bebé llorón!

—¡El otro es el abuelo George! —dijo el señor Bucket, sonriendo complacido—. El que es un poco más grande, y gatea. Es el padre de mi mujer.

—Eso es. ¡Es mi padre! —gimió la señora Bucket—. ¿Y dónde está Georgina, mi madre? ¡Ha desaparecido! ¡No está en ninguna parte, señor Wonka! ¡Absolutamente en ninguna parte! La vi hacerse cada vez más pequeña, y al final se hizo tan pequeña que desapareció en el aire. ¡Lo que quiero saber es adónde ha ido! ¿Y qué vamos a hacer para recuperarla?

—Señoras y señores —dijo el señor Wonka, acercándose y alzando ambas manos para pedir silencio—. ¡Por favor, se lo ruego, no se inquieten! No hay por qué preocuparse.

—¡Dice que no hay por qué preocuparse! —gritó la pobre señora Bucket—. Cuando mi madre ha desaparecido y mi padre es un bebé llorón...

—Un hermoso bebé —dijo el señor Wonka.

—Estoy de acuerdo —lo secundó el señor Bucket.

—¿Y qué hay de mi Josie? —gritó el abuelo Joe.

—¿Qué? —dijo el señor Wonka.

—Bueno...

—Una gran mejoría, señor —comentó el señor Wonka—. ¿No está de acuerdo?

—¡Oh, sí! —dijo el abuelo Joe—. ¡Quiero decir, NO! ¿Qué estoy diciendo? ¡Es un bebé llorón!

—Pero en perfecta salud —dijo el señor Wonka—. ¿Puedo preguntarle, señor, cuántas píldoras tomó?

—Cuatro —dijo lúgubremente el abuelo Joe—. Todos tomaron cuatro.

El señor Wonka hizo un ruido sibilante con la garganta y en su cara se reflejó una expresión de gran pesadumbre.

—¿Por qué, oh, por qué no puede la gente tener más sentido común? —dijo tristemente—. ¿Por qué no me escuchan cuando les digo algo? Les expliqué muy cuidadosamente de antemano que cada píldora hace a quien la toma exactamente veinte años más joven. De modo que si la abuela Josephine se ha tomado cuatro, automáticamente ha rejuvenecido cuatro veces veinte años, lo que hace... Vamos a ver...

Cuatro por dos son ocho..., más un cero... son ochenta... De modo que automáticamente ha rejuvenecido ochenta años. ¿Qué edad tenía su mujer, señor, si me permite preguntárselo, antes de que ocurriera esto?

—Cumplió ochenta años en su último cumpleaños —contestó el abuelo Joe—. Tenía ochenta años y tres meses.

—Pues ahí lo tiene —el señor Wonka sonreía—. El Vita-Wonka ha funcionado perfectamente. ¡Ahora tiene exactamente tres meses! ¡Y nunca he visto un bebé más hermoso y sonrosado!

—Ni yo —dijo el señor Bucket—. Ganaría un premio en cualquier concurso de bebés.

—El primer premio —añadió el señor Wonka.

—Anímate, abuelo —y Charlie le agarró la mano al anciano—. No estés triste. Es un bebé precioso.

—Señora —dijo el señor Wonka, dirigiéndose a la señora Bucket—, permítame preguntarle qué edad tenía el abuelo George, su padre.

—Ochenta y uno —respondió la señora Bucket—. Tenía ochenta y un años exactamente.

—Lo que hace que ahora sea un saludable bebé de un año.

—¡Qué espléndido! —le dijo el señor Bucket a su mujer—. ¡Serás la primera persona en el mundo que le cambie los pañales a su padre!

—¡Se puede cambiar él mismo sus malditos pañales! —dijo la señora Bucket—. Lo que quiero saber es dónde está mi madre. ¿Dónde está la abuela Georgina?

—Ajá —dijo el señor Wonka—. Oh, oh,... Sí, por cierto, ¿dónde, dónde está la abuela Georgina? ¿Qué edad tenía la dama en cuestión, por favor?

—Setenta y ocho —dijo el señor Bucket.

—¡Pero claro! —rió el señor Wonka—. ¡Eso lo explica todo!

—¿Qué es lo que explica? —exclamó la señora Bucket.

—Mi querida señora —dijo el señor Wonka—, si sólo tenía setenta y ocho años y tomó el suficiente Vita-Wonka como para rejuvenecer ochenta años, es natural que haya desaparecido. ¡Ha mordido más de lo que podía masticar! ¡Se ha quitado más años de los que tenía!

—Explíquese —exigió la señora Bucket.

—Simple aritmética. Reste ochenta de setenta y ocho, ¿y qué es lo que obtiene?

—¡Menos dos! —calculó Charlie.

—¡Hurra! —se alegró el señor Bucket—. ¡Mi suegra tiene menos dos años!

—¡Imposible! —La señora Bucket se negaba a admitirlo.

—Es verdad —dijo el señor Wonka.

—¿Y dónde está ahora, si me permite preguntárselo? —preguntó la señora Bucket.

—Esa es una buena pregunta. Una pregunta muy buena. Sí, señor. ¿Dónde está ahora?

—No tiene usted la mas mínima idea, ¿verdad?

—Claro que la tengo —dijo el señor Wonka—. Sé exactamente dónde está.

—¡Entonces dígamelo!

—Debe intentar comprender —pidió el señor Wonka— que si ahora tiene menos dos años, tiene que añadirse dos años más antes de poder empezar de nuevo por el principio. Tendrá que esperar.

—¿Y dónde espera? —dijo la señora Bucket.

—En la Sala de Espera, por supuesto —dijo el señor Wonka.

¡*BOOOM-BOOOM-BOOOM*!, sonaron los tambores de la banda de Oompa-Loompas. ¡*BOOOM-BOOOM*! ¡*BOOOM-BOOOM*! Y todos los Oompa-Loompas, los cientos de Oompa-Loompas que había en la Sala de Chocolate, empezaron a mecerse, a saltar y a bailar al ritmo de la música.

—¡Atención, por favor! —contaron.

¡Atención, por favor! ¡Atención, por favor!
No queremos oír ni siquiera un rumor.
Que nadie se mueva. Callad, os lo ruego.
Vuestra vida misma puede estar en juego.
Hablo muy en serio. Y si no me creéis,
prestad atención. Escuchad y veréis.

¿Alguno de vosotros ha oído hablar
de una niña llamada Mimosa Villar?
Pues bien, esta niña, al cumplir siete años,
fue a pasar el día de su cumpleaños
en casa de su abuela, una viejecita
que quedó encantada con esta visita.
La buena señora, no obstante, tenía
que ir a la compra ese mismo día,
y pidió a su nieta, con toda inocencia,
que fuera muy buena durante su ausencia.
Cuando hubo salido la abuela, Mimosa,
tras verla alejarse, corrió presurosa
al cuarto de baño, donde esta guardaba
unas medicinas que a veces tomaba.

Cuando abrió la puerta de su botiquín
encontró la niña traviesa un sinfín
de frascos de píldoras, verdes y rosadas,
azules, marrones y anaranjadas.
«¡Qué bien!», se dijo, llena de emoción,
«voy a probar una marrón».
Tomó una, la tragó,
y cuando lo hubo hecho exclamó:

«¡Qué buena está!». Y así siguió
hasta que el frasco se acabó.
Cuando las hubo terminado
sintió el estómago estragado.
Porque, ¿cómo iba ella a saber
lo que esas píldoras podían hacer?
¡Las fue a tomar en mal momento!
¡Curaban el estreñimiento!
«Es un caso muy grave», afirmó el doctor,
«y no creo que pueda curarte.
¡Me temo que tendrás que hacerlo
sobre la cabeza si quieres sentarte!».

Sí, sí. Su abuela, pobrecita,
jamás dijo a su nietecita
que todas esas medicinas
eran nefastas. ¡Asesinas!
La niña empezó a encontrarse muy mal,
y el dolor de su tripa era tal
que Mimosa, aterrada, no supo qué hacer.
¡Además, su abuelita tardaba en volver!
Sentía en el estómago unas cosas rarísimas,
ruidos, estallidos, explosiones fortísimas.
Así, lentamente, los minutos pasan,
y por fin la abuela regresa a la casa.
Al ver a la niña en tan mal estado,
con la cara pálida, los ojos cerrados,
dice: «Esta pequeña se ha puesto muy mal».
Y sin perder tiempo llama al hospital.

Allí, muchas cosas horribles suceden,
que de tan horribles contar no se pueden.
Mas por suerte Mimosa consigue salvarse
y vuelve a su casa a recuperarse.
Mas no creáis que aquí la historia se acaba.
¡No! La pobre Mimosa, que tan mal estaba,
aunque por suerte su vida salvó,
de su travesura jamás se olvidó.

Ya que cuando alguien ingiere una dosis
muy alta de algo que afecte el sistema,
por más que lo intente, siempre queda un
[resto
en el organismo que causa problemas.

Mimosa vivió en sobresaltos constantes,
pues con tan tremenda dosis de laxante,
tuvo que pasar, durante muchos años,
¡casi todo el tiempo en el cuarto de baño!

Y esa es la historia. Prestadle atención.
Espero que a todos sirva de lección.
Con las medicinas nunca hay que jugar:
son muy peligrosas y os pueden matar.

WONKA-VITA Y MENOSLANDIA

—Tú debes decidirlo, Charlie —dijo el señor Wonka—. La fábrica es tuya. ¿Dejamos que tu abuela Georgina espere los próximos dos años, o intentamos traerla de vuelta ahora mismo?

—¿No querrá decir que de verdad puede hacer que vuelva? —gritó Charlie.

—No se pierde nada con intentarlo, ¿verdad? Si es eso lo que tú quieres...

—¡Oh, sí, claro que sí! Especialmente por mamá. ¿No ve lo triste que está?

La señora Bucket estaba sentada en el borde de la cama, enjugándose los ojos con un pañuelo.

—Mi pobre madre —repetía—. Tiene menos dos años, y no volveré a verla hasta dentro de meses y meses y meses, si es que la vuelvo a ver algún día.

Detrás de ella, el abuelo Joe, con la ayuda de un Oompa-Loompa, estaba dándole el biberón a su mujer de tres meses, la abuela Josephine. A su lado, el señor Bucket iba dándole cucharadas de algo llamado «Comida para Bebés de Merengue Caramelizado Wonka» al abuelo George, pero la mayor parte iba a parar a su barbilla o a su pecho en vez de a su boca.

—Vaya faena —murmuraba enfadado el señor Bucket—. ¡Esto sí que es una mala suerte! Me dicen que voy a ir a la fábrica de chocolate para divertirme, y acabo siendo una madre para mi suegro.

—Todo está en orden, Charlie —dijo el señor Wonka, observando la escena—. Lo están haciendo muy bien. Aquí no nos necesitan. ¡Ven conmigo! ¡Nos vamos a buscar a la abuela!

Agarró a Charlie por el brazo y se acercó bailando a la puerta abierta del gran ascensor de cristal.

—¡Date prisa, mi querido muchacho, date prisa! Tenemos que apresurarnos si queremos llegar antes allí.

—¿Antes de qué, señor Wonka?

—¡Antes de que la resten, por supuesto! ¡Todos los menos se restan! ¿Es que no sabes aritmética?

Ya estaban dentro del ascensor, y el señor Wonka buscaba entre cientos de botones el que necesitaba.

—¡Aquí está! —y colocó delicadamente el dedo sobre un diminuto botón de marfil en el que decía «MENOSLANDIA».

Las puertas se cerraron. Y luego, con un tremendo sonido de succión, el enorme aparato salió disparado hacia la derecha. Charlie tomó las piernas del señor Wonka y se aferró con firmeza. El señor Wonka bajó un banquillo de la pared y dijo:

—¡Siéntate, Charlie, deprisa, y átate bien! ¡Este viaje va a ser muy movido!

Había cinturones de seguridad a ambos lados del asiento, y Charlie se los abrochó ajustándolos bien.

El señor Wonka bajó un banquillo para él e hizo lo mismo.

—Vamos a bajar muy abajo —dijo—. ¡Oh, vamos a bajar tan abajo!

El ascensor iba adquiriendo velocidad. Giraba y se balanceaba. Se movió bruscamente

hacia la izquierda, luego hacia la derecha, luego otra vez hacia la izquierda, yendo siempre hacia abajo, hacia abajo y hacia abajo.

—Lo único que espero —pidió el señor Wonka— es que los Oompa-Loompas no estén utilizando hoy el otro ascensor.

—¿Qué otro ascensor? —preguntó Charlie.

—El que va en sentido contrario sobre los mismos raíles que este.

—¡Santo cielo, señor Wonka! ¿Quiere usted decir que podríamos chocar?

—Hasta ahora siempre he tenido suerte, mi querido muchacho. ¡Eh! ¡Mira allí fuera! ¡Deprisa!

A través de la ventana, Charlie vio fugazmente lo que parecía una enorme cantera, con una escarpada ladera de piedra marrón oscura, y por toda la ladera había cientos de Oompa-Loompas trabajando con picos y picanas eléctricas.

—Caramelo duro —dijo el señor Wonka—. Ese es el depósito más rico del mundo de caramelo duro.

El ascensor seguía su viaje a toda velocidad.

—Seguimos bajando, Charlie. Estamos cada vez más abajo. Ya hemos descendido unos seis kilómetros.

Fuera podían verse extrañas escenas, pero el ascensor viajaba a tal velocidad que sólo ocasionalmente Charlie alcanzaba a reconocer algo. Una vez, creyó ver en la distancia un grupo de diminutas casitas en forma de tazas al revés, y había

calles entre las casas y Oompa-Loompas caminando por las calles. En otro momento, cuando pasaban sobre una especie de gran llanura roja salpicada por cosas que parecían torres de extracción de petróleo, vio un gran chorro de líquido color marrón que surgía del suelo elevándose en el aire.

—¡Un pozo! —gritó el señor Wonka aplaudiendo—. ¡Un maravilloso pozo! ¡Qué espléndido! ¡Justo cuando lo necesitábamos!

—¿Un qué? —dijo Charlie.

—Hemos vuelto a encontrar chocolate, muchacho. Ese será un nuevo campo muy rico. ¡Oh, qué pozo más estupendo! ¡Mira cómo sale!

Siguieron avanzando a toda velocidad, bajando cada vez más en picada, y cientos, literalmente cientos de asombrosas escenas, se sucedían ante sus ojos. Había gigantescas ruedas de máquina que giraban, y mezcladoras que mezclaban, y burbujas que burbujeaban, y grandes huertas de árboles de manzanas caramelizadas, y lagos del tamaño de canchas de fútbol llenos de líquidos azules, dorados y verdes, y por todas partes se veía a los Oompa-Loompas.

—Te darás cuenta —dijo el señor Wonka— de que lo que viste antes cuando hiciste la gira por la fábrica, con todos esos niños tan traviesos, era solo una pequeña parte del establecimiento. Esto se continúa hacia abajo a lo largo de muchos kilómetros. Y en cuanto nos sea posible te lo enseñaré todo con tranquilidad. Pero eso nos llevará tres semanas. Ahora tenemos otras cosas en que pensar, y tengo cosas importantes que decirte. Escúchame con atención, Charlie. Tengo que hablar deprisa, porque llegaremos en un par de minutos. Supongo que habrás adivinado —prosiguió el señor Wonka— lo que les ocurrió a todos aquellos Oompa-Loompas en la Sala de Pruebas cuando yo estaba haciendo experimentos con el Vita-Wonka. Claro que lo has adivinado. Desaparecieron y se convirtieron en Menos, igual que tu abuela Georgina. La receta era demasiado fuerte. ¡Uno de ellos llegó a tener menos ochenta y siete años! ¡Imagínatelo!

—¿Quiere usted decir que tiene que esperar ochenta y siete años antes de volver? —preguntó Charlie.

—Eso es lo que me preocupaba, muchacho. ¡Después de todo, uno no puede permitir que sus mejores amigos tengan que esperar como miserables Menos durante ochenta y siete años!

—Y que sean restados, además —dijo Charlie—. Eso sería horrible.

—Claro que sí, Charlie. Entonces, ¿qué hice yo? «Willy Wonka —me dije—, si puedes inventar Vita-Wonka para hacer que la gente se vuelva más joven, ¡entonces lo más seguro es que puedas inventar otra cosa para hacer que la gente se vuelva más vieja!».

—¡Ajá! —gritó Charlie—. Ya veo adónde quiere llegar. Entonces podría convertir rápidamente a los Menos en Más, y hacer que vuelvan a casa.

—Precisamente, mi querido muchacho, precisamente. ¡Suponiendo siempre, por supuesto, que pudiera averiguar adónde habían ido a parar los Menos!

El ascensor seguía bajando, bajando vertiginosamente hacia el centro de la tierra. Ahora, fuera todo estaba muy oscuro. No podía verse nada.

—Así que una vez más —prosiguió el señor Wonka— me arremangué y empecé a trabajar. Una vez más me exprimí los sesos buscando una nueva receta. Tenía que crear edad... Para hacer que la gente se hiciera vieja..., cada vez más vieja... «¡Ajá! —grité, porque ya empezaban a ocurrírseme ideas—. ¿Cuál es la cosa viviente más vieja del mundo? ¿Qué es lo que vive más años que cualquier otra cosa?».

—Un árbol —dijo Charlie.

—¡Exactamente, Charlie! Pero ¿qué clase de árbol? El abeto Douglas, no. Tampoco el pino gigante de California. Y tampoco la secuoya. No, muchacho. Es un árbol llamado pino Bristlecone que crece en las colinas del Pico Wheeler, en Nevada, Estados Unidos. ¡Actualmente, pueden encontrarse pinos Bristlecone en el Pico Wheeler que tienen más de cuatro mil años! Esto es un hecho, Charlie. Pregúntaselo a cualquier dendrocronólogo (y busca esa palabra en tu diccionario cuando llegues a casa, ¿quieres?). De modo que eso me dio un punto de partida. Me monté en el gran ascensor de cristal y me fui por todo el mundo recogiendo cosas que pertenecieran a los seres más viejos del mundo...

UN CUARTILLO DE SAVIA DE UN PINO BRISTLECONE DE 4.000 AÑOS.

LOS RECORTES DE UÑAS DE UN GRANJERO RUSO DE 168 AÑOS LLAMADO PETROVITCH GREGOROVITCH.

UN HUEVO PUESTO POR UNA TORTUGA DE 200 AÑOS PERTENECIENTE AL REY DE TONGA.

LA COLA DE UN CABALLO DE 51 AÑOS EN ARABIA.

LOS BIGOTES DE UN GATO DE 36 AÑOS LLAMADO CRUMPETS.

UNA VIEJA PULGA QUE HABÍA VIVIDO SOBRE CRUMPETS DURANTE 36 AÑOS.

LA COLA DE UNA RATA GIGANTE DE 207 AÑOS DEL TÍBET.

LAS MUELAS DE UN GRIMALKIN DE 97 AÑOS QUE VIVIA EN UNA CUEVA EN EL MONTE POPOCATEPETL.

LOS NUDILLOS DE UN CATALU DE 700 AÑOS DEL PERÚ...

Por todo el mundo, Charlie, busqué los animales más viejos y les quité algo a cada uno... Un pelo, o una ceja, y a veces nada más que una o dos onzas de mermelada de pies que les quitaba de entre los dedos de los pies mientras dormían. Busqué al CERDO SILBANTE, al BOBO LINGO, al CURACO, a la POLIRANA, al CURLICO GIGANTE, al BUREJO Y al CHORRILLO VENENOSO, que puede escupirte veneno en un ojo a cincuenta metros de distancia. Pero ahora no hay tiempo para hablarte de todos ellos, Charlie. Déjame decirte rápidamente que al fin, después de mucho mezclar y hervir y probar en mi Sala de Pruebas, produje una diminuta tacita de un líquido negro y aceitoso y le di cuatro gotas del mismo a un valiente voluntario Oompa-Loompa de veinte años para ver lo que ocurría.

—¿Y qué ocurrió? —preguntó Charlie.

—¡Fue fantástico! —exclamó el señor Wonka—. ¡En el momento en que lo tomó, empezó a arrugarse y a encogerse y empezó a caérsele el pelo y los dientes, y antes de que pudiera darme cuenta de lo que estaba ocurriendo se había convertido en un hombre de setenta y cinco años! Y así, mi querido Charlie, fue inventado el Wonka-Vita.

—¿Rescató usted a todos los Oompa-Loompas Menos, señor Wonka?

—¡A todos y cada uno de ellos, muchacho! ¡Ciento treinta y uno en total! Claro que no fue tan fácil como parece. Tuvimos muchas complicaciones durante el proceso. ¡Dios santo! Casi hemos llegado. Ahora debo dejar de hablar y fijarme por dónde vamos.

Charlie se dio cuenta de que el ascensor había perdido velocidad. Ahora apenas se movía. Parecía estar deslizándose.

—Desabróchate el cinturón —dijo el señor Wonka—. Tenemos que prepararnos para la acción.

Charlie se desabrochó el cinturón, se puso de pie y miró hacia fuera. El espectáculo era escalofriante. Estaban flotando en medio de una densa niebla gris, y la niebla se agitaba en remolinos a su alrededor como si el viento la empujase por todos lados. En la distancia, la niebla era más oscura, casi negra, y parecía agitarse y arremolinarse aún más. El señor Wonka abrió las puertas del ascensor.

—¡Atrás! —dijo—. ¡Hagas lo que hagas, Charlie, no te caigas fuera!

La niebla entró en el ascensor. Tenía el olor rancio y mohoso de una mazmorra subterránea. El silencio era impresionante. No había sonido alguno, ni el murmullo del viento, ni ruidos de animales o insectos, y Charlie experimentó una sensación extraña y sobrecogedora al encontrarse allí, en medio de ese vacío inhumano..., como si estuviera en otro mundo, en un sitio donde el hombre no debería estar jamás.

—Menoslandia —susurró el señor Wonka—. Aquí es, Charlie. El problema ahora es encontrarla. Puede que tengamos suerte. Pero también, puede que no la tengamos.

—Este sitio no me gusta nada —susurró Charlie—. Me da escalofríos.

—A mí también —confesó a su vez el señor Wonka—. Pero tenemos un trabajo que hacer, Charlie, y debemos llevarlo a cabo.

La niebla se condensaba ahora en las paredes de cristal del ascensor, impidiendo mirar hacia fuera excepto a través de las puertas abiertas.

—¿Viven aquí algunos otros seres, señor Wonka?

—Muchos Gnoolis.

—¿Son peligrosos?

—Si te pican, lo son. Como te pique un Gnooli, muchacho, estás listo.

El ascensor seguía flotando, balanceándose suavemente de un lado a otro. La aceitosa niebla negruzca se arremolinaba a su alrededor.

—¿Qué aspecto tiene un Gnooli, señor Wonka?

—No tienen aspecto de nada, Charlie. No pueden tenerlo.

—¿Quiere usted decir que nunca ha visto a uno?

—Los Gnoolis no pueden verse, muchacho. No pueden siquiera sentirse..., hasta que te pican. Entonces es demasiado tarde. Ya te tienen.

—¿Quiere usted decir que podría haber nubes de ellos a nuestro alrededor en este mismo momento? —preguntó Charlie.

—Es posible.

Charlie sintió que se le ponía carne de gallina.

—¿Uno muere enseguida? —preguntó.

—Primero quedas restado... Un poco más tarde, quedas dividido..., pero muy lentamente. Lleva mucho tiempo... Es una división larga, y muy dolorosa. Después, te conviertes en uno de ellos.

—¿No podríamos cerrar las puertas? —preguntó Charlie.

—Me temo que no, muchacho. No veríamos nada a través del cristal. Hay demasiada niebla y humedad. De todas maneras, no será fácil encontrar a tu abuela.

De pie ante la puerta abierta del ascensor, Charlie miró los ondulantes vapores. «Así —pensó— es como debe de ser el infierno». El infierno sin fuego. Había en ello algo de corrupto, algo increíblemente diabólico. Todo estaba tan mortalmente silencioso, tan desolado y vacío. Al mismo tiempo, el constante movimiento de los neblinosos vapores daba la impresión de que una poderosa fuerza, maligna y nefasta, ejercía sus poderes alrededor de ellos. Charlie sintió un pinchazo en un brazo, y pegó un salto. El salto casi le hizo caer fuera del ascensor.

—Perdona —dijo el señor Wonka—. He sido yo.

—¡Oohhh! —Charlie dio un suspiro de alivio—. Por un momento, pensé...

—Ya sé lo que pensaste, Charlie... Y, por cierto, me alegro mucho de que estés conmigo. ¿Qué te parecería venir aquí solo, como he hecho yo..., como he tenido que hacer muchas veces?

—No me gustaría nada.

—Allí está —dijo el señor Wonka, señalando con el dedo—. Ah, no, no. ¡Qué pena! Podría haber jurado que la vi por un momento al borde de esa zona más oscura. Sigue mirando, Charlie.

—¡Allí! —exclamó Charlie—. ¡Allí está! ¡Mire!

—¿Dónde? —dijo el señor Wonka—. ¡Señálala con el dedo, Charlie!

—Ha... ha vuelto a desaparecer. Es como si se hubiera desvanecido —dijo Charlie.

Estaban de pie ante las puertas abiertas del ascensor, escudriñando los vapores grises y ondulantes.

—¡Allí! ¡Deprisa! ¡Allí está! —gritó Charlie—. ¿Puede verla?

—¡Sí, Charlie! ¡Ya la veo! Voy a acercarme.

El señor Wonka empezó a apretar un número de botones que había detrás de él.

—¡Abuela! —gritó Charlie—. ¡Hemos venido a buscarte, abuela!

Podían verla desdibujada a través de la niebla, pero muy vagamente. Y también podían ver la niebla a través de ella. Era transparente. Apenas podía decirse que estuviera allí. No era más que una sombra. Podían ver su cara y solo el ligero contorno de su cuerpo envuelto en el camisón. Pero no estaba de pie. Flotaba recostada en el arremolinado vapor.

—¿Por qué está recostada? —susurró Charlie.

—Porque es una Menos, Charlie. Ya sabes cómo es el signo de la resta... Así.

El señor Wonka dibujó una línea horizontal en el aire con el dedo.

El ascensor se fue acercando. Ahora la sombra fantasmal que era la cara de la abuela Georgina no estaba más que a una yarda de distancia. Charlie sacó el brazo por la puerta para tocarla, pero no pudo tocar nada. Su mano le atravesó la piel.

—¡Abuela! —gimió.

Ella empezó a alejarse.

—¡Retrocede! —ordenó el señor Wonka, y de pronto, de algún lugar secreto del interior de su frac, sacó un pulverizador.

Era uno de esos anticuados objetos que la gente utilizaba para matar moscas antes de que

aparecieran los pulverizadores enlatados. Apuntó el pulverizador directamente hacia la sombra de la abuela Georgina y bombeó ¡UNA VEZ..., DOS VECES..., TRES VECES! Cada vez, una fina nube negra salía del pulverizador. Instantáneamente, la abuela Georgina desapareció.

—¡He dado en el blanco! —gritó el señor Wonka, saltando de entusiasmo—. Le he dado con los dos cañones. Ahora ya es una Más. ¡Ahí tienes el resultado del Wonka-Vita!

—¿Dónde se ha ido? —preguntó Charlie.

—De vuelta al sitio de donde había venido, por supuesto. A la fábrica. Ya ha dejado de ser una Menos, muchacho. ¡Ahora es una perfecta Más! Bien, vámonos. ¡Salgamos rápidamente de aquí, antes de que los Gnoolis nos encuentren!

El señor Wonka apretó un botón. Las puertas se cerraron y el gran ascensor de cristal salió disparado hacia arriba en dirección a casa.

—Siéntate y abróchate otra vez el cinturón, Charlie —ordenó el señor Wonka—. Esta vez subiremos directamente en línea recta.

El ascensor ascendió rugiendo hacia la superficie de la Tierra. El señor Wonka y Charlie iban sentados uno junto al otro en los pequeños asientos, fuertemente atados. El señor Wonka se metió el pulverizador en el enorme bolsillo que llevaba en las colas de su frac.

—Es una pena que tenga que utilizarse una cosa tan burda como esta. Pero no hay otra manera de hacerlo. Lo ideal, por supuesto, sería poder medir la dosis adecuada en una cucharilla y administrarla directamente por la boca. Pero es imposible darle algo de comer a un Menos. Es como si uno intentase darle de comer a su propia sombra. Por eso tengo que utilizar un pulverizador. ¡Hay que pulverizarles, muchacho! ¡Es la única manera!

—Pero dio resultado, ¿verdad? —dijo Charlie

—Oh, claro que dio resultado, Charlie. ¡Un resultado magnífico! Lo único que digo es que es muy probable que le haya administrado una ligera sobredosis...

—No comprendo lo que quiere decir, señor Wonka.

—Mi querido muchacho, sólo se necesitan cuatro gotas de Wonka-Vita para convertir en un viejo a un joven Oompa-Loompa...

El señor Wonka alzó las manos y las dejó caer pesadamente sobre el regazo.

—¿Quiere usted decir que la abuela Georgina podría haber tomado demasiado? —preguntó Charlie palideciendo ligeramente.

—Me temo que sí —dijo el señor Wonka.

—Pero, entonces, ¿por qué le ha dado tanto? —dijo Charlie, cada vez más preocupado—. ¿Por qué la roció tres veces? ¡Debe de haberle dado varias pintas de ese líquido!

—¡Galones! —gritó el señor Wonka, dándo una palmada en los muslos—. ¡Galones y galones!

Pero no dejes que eso te preocupe, mi querido Charlie. ¡Lo importante es que la hayamos traído de vuelta! Ya ha dejado de ser una Menos. ¡Ahora es una Más!

Ella es tan Más como puede ser
Ella es aún Más que yo y que usted.
Y la cuestión es ahora:
¿qué edad tiene esta señora?
¿Pasará de ciento tres?

LA PERSONA MÁS VIEJA DEL MUNDO

—¡Regresamos triunfantes, Charlie! —gritó el señor Wonka mientras el gran ascensor de cristal aminoraba la velocidad—. ¡Una vez más tu querida familia volverá a estar toda junta!

El ascensor se detuvo. Las puertas se abrieron. Y allí estaban la Sala de Chocolate y el río de chocolate y los Oompa-Loompas, y en medio de todo ello la gran cama que pertenecía a los abuelos.

—¡Charlie! —dijo el abuelo Joe, corriendo a su encuentro—. ¡Gracias a Dios que has vuelto!

Charlie le dio un abrazo. Luego abrazó a su padre y a su madre.

—¿Está aquí la abuela Georgina? —dijo.

Nadie contestó. Nadie hizo nada excepto el abuelo Joe, que señaló la cama. Señaló, pero no miró al sitio donde señalaba. Ninguno de ellos miró a la cama, excepto Charlie. Este pasó ante ellos para poder ver mejor, y vio, en uno de los extremos, a los dos bebés, la abuela Josephine y el abuelo George, ambos durmiendo pacíficamente. Y en el otro extremo...

—No te alarmes —dijo el señor Wonka, corriendo hacia él y poniéndole una mano en el brazo—. Es lógico que haya envejecido demasiado. Ya te lo había advertido.

—¿Qué le ha hecho? —gritó la señora Bucket—. ¡Mi pobre madre!

Recostada sobre las almohadas, en el otro extremo de la cama, se hallaba la cosa más extraordinaria que Charlie había visto nunca. ¿Era un antiquísimo fósil? No podía serlo, puesto que se movía ligeramente. Y ahora estaba produciendo sonidos. Sonidos que se asemejaban al croar de una rana, la clase de sonidos que podría hacer una rana muy vieja si supiese hablar.

—Vaya, vaya, vaya —croó la voz—. Si es mi querido Charlie.

—¡Abuela! —gritó Charlie—. ¡Abuela Georgina! ¡Oh... Oh... Oh!

Su diminuta carita era como una nuez en conserva. Tenía tantas arrugas que la boca, los ojos y hasta la nariz estaban hundidas hasta hacerse casi invisibles. Su pelo estaba completamente blanco, y sus manos, que descansaban encima de la manta, eran dos pequeños bultos de piel arrugada.

La presencia de esta anciana criatura parecía haber aterrorizado no solo al señor y la señora Bucket, sino también al abuelo Joe. Los tres se mantenían a una respetuosa distancia de la cama. El señor Wonka, por el contrario, estaba tan contento como siempre.

—¡Mi querida señora! —exclamó, acercándose al borde de la cama y tomando una de las diminutas y arrugadas manos entre las suyas—. ¡Bienvenida a casa! ¿Cómo se encuentra en este brillante y hermoso día?

—Bastante bien —croó la abuela Georgina—. Bastante bien, considerando mi edad.

—¡Bien dicho! ¡Así me gusta! ¡Lo único que tenemos que hacer ahora es averiguar exactamente cuántos años tiene usted! ¡Entonces podremos tomar nuevas medidas!

—Usted no tomará ninguna nueva medida —dijo la señora Bucket apretando los labios—. ¡Ya ha causado bastantes daños!

—Pero mi querida y confundida señora —dijo el señor Wonka, volviéndose a la señora Bucket—, ¿qué importa que la anciana se haya vuelto un poco demasiado vieja? ¡Podemos corregir eso en un santiamén! ¿Ha olvidado la Vita-Wonka? ¿Ha olvidado que cada tableta la vuelve veinte años más joven? ¡La recuperaremos! ¡La transformaremos en una sonrosada damisela en menos que canta un gallo!

—¿Y de qué servirá eso cuando su marido aún lleva pañales? —gimió la señora Bucket señalando al abuelo George, el bebé de un año que dormía tranquilamente.

—Señora —dijo el señor Wonka—, hagamos una cosa a la vez.

—¡Le prohibo que le dé esa horrible Vita-Wonka! —dijo la señora Bucket—. ¡Lo más seguro es que vuelva a convertirla en una Menos!

—No quiero ser una Menos —croó la abuela Georgina—. Si alguna vez tengo que volver a esa espantosa Menoslandia, los Gnoolis me devorarán.

—No tema —dijo el señor Wonka—. Esta vez yo mismo supervisaré la administración del medicamento. Me encargaré personalmente de que se le dé la dosis adecuada. ¡Pero escúcheme con atención! No podré decidir cuántas píldoras debo darle hasta que no sepa exactamente la edad que tiene. Eso es evidente, ¿verdad?

—No es para nada evidente —dijo la señora Bucket—. ¿Por qué no puede darle las píldoras una a una sin correr ningún riesgo?

—Imposible, señora. En casos tan serios como estos, el Vita-Wonka no surte efecto alguno si se administra en pequeñas dosis. Hay que dárselo todo de golpe. Hay que darle una dosis muy fuerte. Una sola píldora no le haría absolutamente nada. Está demasiado vieja para eso. Es todo o nada.

—No —dijo firmemente la señora Bucket.

—Sí —dijo el señor Wonka—. Querida señora, escúcheme, por favor. Si tiene usted un fuerte dolor de cabeza y necesita tres aspirinas para curárselo, no le servirá de nada tomarse una y esperar cuatro horas hasta la siguiente. De ese modo no se le quitará nunca. Tiene que tomárselas todas de golpe. Lo mismo ocurre con el Vita-Wonka. ¿Me permite proceder?

—Oh, está bien. Supongo que no hay más remedio —aceptó la señora Bucket.

—Bien —dijo el señor Wonka, dando un saltito y agitando los pies en el aire—. Veamos, ¿qué edad tiene usted, mi querida abuela Georgina?

—No lo sé —croó esta—. Perdí la cuenta de ello hace muchos, muchos años.

—¿No tiene ni siquiera una idea? —dijo señor Wonka.

—Claro que no —masculló la anciana—. Tampoco usted la tendría si fuera tan viejo como yo.

—¡Piense! —suplicó el señor Wonka—. ¡Tiene que concentrarse!

La minúscula carita arrugada y oscura como una nuez se arrugó más que nunca. Los demás aguardaron. Los Oompa-Loompas, fascinados por el antiquísimo objeto que era la abuela Georgina, se fueron acercando poco a poco a la cama. Los dos bebés seguían durmiendo.

—¿Tiene usted, por ejemplo, cien años? —dijo el señor Wonka—. ¿O ciento diez? ¿O ciento veinte?

—¡No sirve de nada! —croó la abuela—. ¡Mi cabeza nunca ha sido buena para los números!

—¡Esto es una catástrofe! —gritó el señor Wonka—. ¡Si no puede decirme la edad que tiene, no puedo ayudarla! ¡No puedo arriesgarme a darle una sobredosis!

El desconsuelo se apoderó de toda la concurrencia, incluyendo, por una vez, al propio señor Wonka.

—Esta vez sí que la ha hecho buena, ¿eh? —dijo la señora Bucket.

—Abuela —dijo Charlie, acercándose a la cama—, escucha, abuela, no te preocupes pensando en qué edad puedas tener exactamente. Intenta pensar en algún acontecimiento. Piensa en algo que te haya ocurrido a ti. Lo que sea..., algo que sea lo más antiguo posible. Eso podría ayudarnos.

—Me han ocurrido muchas cosas, Charlie. Me han ocurrido tantas cosas...

—¿Pero puedes recordar alguna de ellas, abuela?

—Oh, no lo sé, cariño. Supongo que podría recordar una o dos si me esforzara lo suficiente.

—¡Bien, abuela! ¡Bien! —dijo ansiosamente Charlie—. Dime, ¿qué es lo primero que recuerdas de toda tu vida?

—Oh, mi querido muchacho, eso significa retroceder muchos años, ¿verdad?

—Cuando eras pequeña, abuela, como yo. ¿No recuerdas algo de lo que hacías cuando eras pequeña?

Los diminutos y hundidos ojos oscuros brillaron ligeramente, y una sonrisa se asomó a la casi invisible hendidura que eran sus labios.

—Había un barco —dijo—. Me acuerdo de un barco. Nunca podría olvidar ese barco...

—¡Sigue, abuela! ¿Un barco? ¿Qué clase de barco? ¿Tú viajaste en él?

—Claro que viajé en él, cariño. Todos viajamos en él.

—¿Desde dónde? ¿Hacia dónde? —preguntó Charlie ansiosamente.

—Oh, no, eso no podría decírtelo. Yo era sólo una niña muy pequeña.

La abuela Georgina se recostó sobre la almohada y cerró los ojos. Charlie la miraba fijamente, esperando algo más. Todo el mundo esperaba. Nadie se movió.

—Ese barco tenía un nombre muy bonito. Había algo tan hermoso, tan hermoso acerca de ese nombre. Pero me sería imposible recordarlo...

Charlie, que estaba sentado al borde de la cama, saltó súbitamente. Su cara brillaba de excitación.

—¿Si te dijera el nombre, abuela, lo recordarías?

—Puede ser, Charlie... Sí, quizá pudiera...

—¡El MAYFLOWER! —gritó Charlie.

La anciana levantó la cabeza de la almohada.

—¡Eso es! —gritó—. ¡Tú lo has dicho, Charlie! El Mayflower... Qué nombre más bonito...

—¡Abuelo! —exclamó Charlie, bailando de entusiasmo—. ¿En qué año zarpó el Mayflower?

—El Mayflower zarpó del puerto de Plymouth el 6 de septiembre de 1620 —dijo el abuelo Joe.

—Plymouth —graznó la anciana—. Sí, eso me suena. Sí, estoy segura de que era Plymouth.

—¡Mil seiscientos veinte! —gritó Charlie—. ¡Oh, Dios mío! Eso significa que tienes... Haz tú la cuenta, abuelo.

—Veamos —dijo el abuelo Joe—. Si restamos mil seiscientos veinte de mil novecientos setenta y dos, nos quedan... No me apures, Charlie. Nos quedan trescientos cincuenta y dos.

—Tiene más —dijo Charlie—. ¿Qué edad has dicho que tenías cuando viajaste en el Mayflower, abuela? ¿Unos ocho años?

—Creo que era aún más pequeña, cariño. Era una niña muy pequeñita. Probablemente no tendría más de seis.

—¡Entonces tiene trescientos cincuenta y ocho años! —exclamó Charlie.

—¡Eso es el Wonka-Vita! —dijo orgullosamente el señor Wonka—. Ya les dije que era muy potente.

—Trescientos cincuenta y ocho años —dijo el señor Bucket—. ¡Es increíble!

—¡Imaginaos las cosas que debe de haber visto durante su vida! —dijo el abuelo Joe.

—¡Mi pobre madre! —gimió la señora Bucket—. ¿Qué va a...?

—Paciencia, querida señora —trató de consolarla el señor Wonka—. Ahora viene la parte interesante. ¡Que traigan el Vita-Wonka!

Un Oompa-Loompa se adelantó corriendo con un gran frasco y se lo dio al señor Wonka. Este lo puso sobre la cama.

—¿Qué edad quiere tener? —preguntó.

—Setenta y ocho —dijo firmemente la señora Bucket—. Exactamente la edad que tenía antes de que empezara todo esto.

—¿Pero no le gustaría ser un poco más joven? —dijo el señor Wonka.

—¡Claro que no! —se negó la señora Bucket—. ¡Es demasiado arriesgado!

—¡Demasiado arriesgado, demasiado arriesgado! —graznó la abuela Georgina—. Volverá a convertirme en una Menos como intente pasarse de listo.

—Como usted quiera —dijo el señor Wonka—. Bueno, veamos. Tengo que hacer unas cuentas.

Otro Oompa-Loompa se adelantó trayendo una pizarra. El señor Wonka sacó una tiza de su bolsillo y escribió:

—Catorce píldoras de Vita-Wonka exactamete —anunció el señor Wonka.

Los Oompa-Loompas volvieron a llevarse la pizarra. El señor Wonka tomó el frasco de la cama, lo abrió y contó catorce de las pequeñas píldoras amarillas.

—¡Agua! —dijo.

Otro Oompa-Loompa corrió hacia él con vaso de agua. El señor Wonka echó las catorce píldoras en el vaso. El agua empezó a burbujear.

—Bébaselo mientras esté burbujeando —dijo, acercando el vaso a los labios de la abuela Georgina—. Todo de un trago.

Ella se lo bebió.

El señor Wonka retrocedió de un salto y sacó un gran reloj de latón del bolsillo.

—¡No olviden —gritó— que es un año por segundo! ¡Tiene que perder doscientos ochenta años ¡Eso le llevará cuatro minutos y cuarenta segundos! ¡Observen cómo pasan los siglos!

La habitación estaba tan silenciosa que podían oír el tic-tac del reloj del señor Wonka. Al principio, no le sucedió gran cosa a la anciana que yacía en la cama. Cerró los ojos y se recostó sobre la almohada. De vez en cuando, la arrugada piel de su cara temblaba un poco y sus pequeñas manos se agitaban, pero eso era todo.

—¡Ha pasado un minuto! —dijo el señor Wonka—. Tiene sesenta años menos.

—A mí me parece que está igual —dijo el señor Bucket.

—Claro que lo está —dijo el señor Wonka—. ¿Qué son sesenta años cuando se tienen más de trescientos?

—¿Te encuentras bien, mamá? —dijo ansiosamente la señora Bucket—. ¡Dime algo, mamá!

—¡Han pasado dos minutos! —dijo el señor Wonka—. ¡Ahora tiene ciento veinte años menos!

Ahora empezaban a verse cambios definidos en la cara de la anciana. La piel le temblaba, y algunas de las arrugas más profundas se iban haciendo menos profundas, la boca parecía menos hundida y la nariz algo más prominente.

—¡Mamá! —gritó la señora Bucket—. ¿Te encuentras bien? ¡Háblame mamá, por favor!

De pronto, con una rapidez que sobresaltó a todo el mundo, la anciana se incorporó en la cama y gritó:

—¡Escuchen las noticias! ¡El almirante Nelson ha derrotado a los franceses en Trafalgar!

—¡Se está volviendo loca! —dijo el señor Bucket.

—Nada de eso —dijo el señor Wonka—. Está pasando por el siglo dieciocho.

—Han pasado tres minutos —dijo el señor Wonka.

Ahora, por cada segundo que pasaba, la abuela se iba volviendo cada vez menos arrugada, y parecía ir recobrando vida. Era algo maravilloso de ver.

—¡Gettysburg! —gritó la abuela—. ¡El general Lee ha huido!

Y unos segundos más tarde dejó oír un grito de angustia y dijo:

—¡Está muerto, está muerto, está muerto!

—¿Quién está muerto? —dijo el señor Bucket, adelantando la cabeza.

—¡Lincoln! —gimió la abuela—. Allá va el tren...

—¡Debe de haberlo visto! —dijo Charlie—. ¡Debe de haber estado allí!

—Está allí —dijo el señor Wonka—. Al menos lo estaba hace unos segundos.

—¿Quiere alguien explicarme, por favor —pidió la señora Bucket—, lo que está ocurriendo...?

—¡Han pasado cuatro minutos! —dijo el señor Wonka—. ¡Solo quedan cuarenta segundos! ¡Solo tiene que perder cuarenta años!

—¡Abuela! —gritó Charlie, corriendo hacia ella—. ¡Tienes casi el mismo aspecto de siempre! ¡Oh, qué contento estoy!

—Siempre que se detenga en el momento apropiado —dijo la señora Bucket.

—Apuesto a que no —dijo el señor Bucket—. Siempre hay algo que sale mal.

—No cuando yo me encargo de ello, señor —dijo el señor Wonka—. Se ha acabado el tiempo. ¡Ahora tiene setenta y ocho años! ¿Cómo se siente, querida señora? ¿Todo va bien?

—Me siento tolerablemente bien —dijo la abuela—. Pero solo tolerablemente. ¡Y eso no es gracias a usted, viejo mamarracho!

Allí estaba otra vez la vieja gruñona abuela Georgina, que Charlie había conocido tan bien antes de que todo empezara. La señora Bucket le echó los brazos al cuello y empezó a llorar de alegría. La anciana la hizo a un lado y dijo:

—¿Puedo preguntar qué hacen sobre la cama esos dos bebés?

—Uno de ellos es tu marido —dijo el señor Bucket.

—¡Tonterías! —dijo la anciana—. ¿Dónde está George?

—Me temo que es verdad, mamá —dijo la señora Bucket—. Él es el de la izquierda. La otra es Josephine.

—¡Usted...! ¡Usted es un viejo entrometido! —gritó la abuela Georgina, señalando indignada al señor Wonka—. ¿Qué significa todo esto...?

—¡Vamos, vamos, vamos! —la calmó el señor Wonka—. Por favor, no tengamos otra pelea a estas alturas del día. ¡Si todo el mundo conserva la calma y deja esto en manos de Charlie y mías, los devolveremos a su edad normal en menos de lo que canta un gallo!

—¡Traedme el Wonka-Vita! —dijo el señor Wonka—. Pronto arreglaremos a estos dos bebés.

Un Oompa-Loompa se adelantó corriendo con un pequeño frasco y dos cucharillas de plata.

—¡Espere un momento! —exclamó la abuela Georgina—. ¿Qué es lo que está tramando ahora?

—No es nada, abuela —dijo Charlie—. Te aseguro que no es nada. El Wonka-Vita hace lo contrario que el Vita-Wonka. Te vuelve más viejo. Es lo que te dimos a ti cuando eras una Menos. ¡Es lo que te salvó!

—¡Me disteis demasiado! —gruñó la anciana.

—Tuvimos que hacerlo, abuela.

—¡Y ahora queréis hacer lo mismo con el abuelo George!

—Claro que no —dijo Charlie.

—Acabé teniendo trescientos cincuenta y ocho años —prosiguió la abuela Georgina—. ¿Por qué no íbais a cometer otro pequeño error y darle cincuenta veces más de lo que me disteis a mí? Entonces me encontraría de pronto con que tengo un hombre de las cavernas de veinte mil años a mi lado en la cama. ¡Imagináoslo! Un hombre con un garrote en la mano que me arrastre por los pelos. ¡No, gracias!

—Abuela —dijo pacientemente Charlie—, contigo tuvimos que utilizar un pulverizador porque eras una Menos. Eras un fantasma. Pero en este caso, el señor Wonka puede...

—¡No me hables de ese hombre! —gritó ella—. ¡Está más loco que una cabra!

—¡No, abuela, no lo está! En este caso, puede medir la dosis exactamente, gota a gota, y dársela por la boca. ¿Verdad, señor Wonka?

—Charlie —dijo el señor Wonka—, veo que la fábrica va a quedar en buenas manos cuando yo me retire. Aprendes muy rápido. ¡Estoy tan contento de haberte elegido a ti, mi querido muchacho! Muy contento. Bien, ¿cuál es el veredicto? ¿Les dejamos como bebés, o les hacemos crecer con el Wonka-Vita?

—Adelante, señor Wonka —pidió el abuelo Joe—. Me gustaría que hiciera crecer a mi Josie para que volviera a tener la edad que tenía antes. Ochenta años.

—Gracias, señor —dijo el señor Wonka—. Le agradezco la confianza que deposita en mí. Pero ¿y el otro? ¿Y el abuelo George?

—Oh, está bien —accedió la abuela Georgina—. ¡Pero si acaba como un hombre de las cavernas, ya no lo quiero en esta cama!

—Entonces ya está decidido —dijo el señor Wonka—. Vamos, Charlie. Lo haremos con los dos a la vez. Tú toma una cucharilla y yo tomaré la otra. Mediré cuatro gotas, sólo cuatro gotas, en cada una de ellas, y luego los despertaremos y se las daremos por la boca.

—¿De cuál de ellos me ocupo yo, señor Wonka?

—De la abuela Josephine, que es la más pequeña. Yo me encargo del abuelo George, el de un año. Aquí tienes tu cucharilla.

Charlie recogió la cucharilla y la alargó hacia el señor Wonka. Este abrió el frasco y dejó caer cuatro gotas del aceitoso líquido negro en la cucharilla de Charlie. Luego hizo lo mismo en la suya, y devolvió el frasco al Oompa-Loompa.

—¿No tendría alguien que sostener a los bebés mientras se lo dan? —dijo el abuelo Joe—. Yo sostendré a la abuela Josephine.

—¿Está loco? —dijo el señor Wonka—. ¿No se da cuenta de que el Wonka-Vita actúa instantáneamente? No es un año por segundo, como con el Vita-Wonka. ¡El Wonka-Vita es rápido como un rayo! ¡En el momento en que se traga la medicina —¡*ping*!— ocurre todo! Se vuelven más grandes y se hacen más viejos en un segundo. ¿No comprende, mi querido señor —le dijo al abuelo Joe—, que en un momento estará sosteniendo a un pequeño bebé en los brazos, y un segundo más tarde se encontrará con una mujer de ochenta años? ¡La dejará caer como un saco de patatas!

—Comprendo lo que quiere decir —dijo el abuelo Joe.

—¿Estás listo, Charlie?

—Estoy listo, señor Wonka.

Charlie se acercó al lado de la cama donde dormía el pequeño bebé. Colocó una mano detrás de su cabeza y se la levantó. El bebé se despertó y empezó a gritar. El señor Wonka estaba al otro lado de la cama haciendo lo mismo con el abuelo George.

—¡Los dos a la vez, Charlie! —dijo el señor Wonka—. ¡Una, dos y tres! ¡Dáselo!

Charlie metió la cucharilla en la boca abierta del bebé y dejó que las gotas se deslizaran por su garganta.

—¡Asegúrate de que se lo trague! —gritó el señor Wonka—. ¡No hará efecto hasta que no les llegue al estómago!

Es difícil explicar lo que ocurrió a continuación, y fuera lo que fuera, sólo duró un segundo. Un segundo es más o menos lo que lleva decir en voz alta y rápidamente «uno-dos-tres-cuatro-cinco». Y ese es el tiempo que le llevó al bebé, mientras Charlie lo observaba atentamente, para crecer, agrandarse y arrugarse hasta convertirse en la abuela Josephine. El espectáculo fue aterrador. Fue como una explosión. Un bebé que explotara convirtiéndose en una vieja. Y Charlie se encontró mirando la conocida y arrugada cara de la abuela Josephine.

—Hola, cariño —dijo ella—. ¿De dónde vienes tú?

—¡Josie! —gritó el abuelo Joe corriendo hacia ella—. ¡Qué maravilla! ¡Has vuelto!

—No sabía que me había ido —dijo la abuela Josephine.

El abuelo George también había vuelto sano y salvo.

—Eras más guapo como bebé —le dijo la abuela Georgina—. Pero me alegro de que hayas vuelto a crecer, George..., por una razón.

—¿Cuál? —preguntó el abuelo George.

—Ya no volverás a mojar la cama.

CÓMO SACAR A ALGUIEN DE LA CAMA

—¡Estoy seguro —dijo el señor Wonka, dirigiéndose al abuelo George, a la abuela Georgina y a la abuela Josephine—, estoy seguro de que los tres, después de lo que han pasado, querrán salir de la cama y ayudarnos a dirigir la fábrica de chocolate.

—¿Quiénes, nosotros? —preguntó la abuela Josephine.

—Sí, ustedes.

—¿Está usted loco? —dijo la abuela Georgina—. ¡Yo pienso quedarme donde estoy, en esta cómoda cama, muchas gracias!

—¡Yo también! —dijo el abuelo George.

En ese momento se produjo una súbita conmoción entre los Oompa-Loompas que se encontraban al otro extremo de la Sala de Chocolate. Se oyó un excitado rumor, y algunos Oompa-Loompas empezaron a correr y a agitar los brazos. De entre ellos surgió un Oompa-Loompa que se acercó corriendo al señor Wonka, llevando un enorme sobre en las manos. Cuando estuvo junto a él, le dijo algo en voz muy baja. El señor Wonka se agachó para escuchar.

—¿A las puertas de la fábrica? —gritó el señor Wonka—. ¡Hombres! ¿Qué clase de hombres?... Sí, pero ¿parecen peligrosos? ¿ACTÚAN amenazadoramente?... ¿Y un qué?... ¡UN HELICÓPTERO!... ¿Y estos hombres vinieron en él?... ¿Te dieron esto?

El señor Wonka recogió el enorme sobre, lo abrió rápidamente y sacó la carta doblada que llevaba dentro. Se hizo un silencio absoluto mientras leía deprisa lo que decía la carta. Nadie se movió. Charlie empezó a sentir frío. Sabía que algo terrible estaba a punto de ocurrir. Había una definitiva sensación de peligro en el aire. Los hombres a las puertas de la fábrica, el helicóptero, el nerviosismo de los Oompa-Loompas... Charlie observaba la cara del señor Wonka, buscando un indicio, algún cambio en su expresión que le indicase hasta qué punto eran malas las noticias.

—¡Por las barbas de Mustafá! —gritó el señor Wonka, dando un salto tan alto que cuando

aterrizó las piernas le fallaron y se estrelló sobre su trasero—. ¡Por los bigotes de Nabucodonosor! —gritó, levantándose y agitando la carta como si estuviera matando mosquitos—. Escuchen esto. ¡Escuchen esto!

Y empezó a leer en voz alta:

La Casa Blanca, Washington, D.C.

Al Sr. Willy Wonka

Señor:

Hoy, el país entero, o mejor dicho, el mundo entero, celebra el retorno del espacio de nuestra cápsula conmutadora con ciento treinta y seis personas a bordo. De no haber sido por la ayuda que recibieron de una nave espacial desconocida, estas ciento treinta y seis personas no hubieran podido volver. Se me ha informado que el valor demostrado por los ocho astronautas a bordo de la nave fue extraordinario. Nuestras estaciones de radar, que siguieron a esta nave espacial en su retorno a la tierra, descubrieron que aterrizó en un lugar conocido como la fábrica de chocolate del señor Wonka. Es por eso, señor, por lo que le hago entrega de esta carta.

Quisiera manifestarle la gratitud de la nación invitando a esos ocho astronautas increíblemente valientes a visitar la Casa Blanca y permanecer en ella unos días como mis honorables huéspedes. Esta noche celebraré una fiesta en la sala azul, durante la cual yo mismo impondré medallas al valor a los ocho intrépidos pilotos. Las personalidades más importantes del país estarán presentes en esta reunión para saludar a los héroes cuyas asombrosas hazañas quedarán inscriptas para siempre en la historia de la nación. Entre los asistentes se encontrarán la vicepresidenta, señorita Elvira Tibbs; todos los miembros de mi gabinete, los comandantes en jefe del ejército, la marina y las fuerzas aéreas, todos los miembros del congreso, un famoso tragador de espadas de Afganistán que me está enseñando a tragarme mil palabras (con un poco de salsa de tomate no saben tan mal). ¿Y quién más va a venir? Ah, sí, mi jefe de Intérpretes, los gobernadores de todos los estados de la Unión y, por supuesto, mi gata, la señora Taubsypuss.

Un helicóptero les espera fuera a todos ustedes. Y yo mismo aguardo su llegada a la Casa Blanca con el mayor placer e impaciencia. Queda suyo atentamente,

Lancelot R. Gilligrass
Presidente de los Estados Unidos

P.D. Por favor, ¿podría traerme unas cuantas chocolatinas Wonka? Me encantan, y todo el mundo me las roba constantemente del cajón de mi escritorio. Y no se lo diga a Nanny.

El señor Wonka dejó de leer. Y en el silencio que siguió, Charlie podía oír la respiración de los que le rodeaban. Respiraban agitadamente, mucho más deprisa de lo normal. Y había otras cosas, también. Había tantos sentimientos y pasiones y tanta felicidad vibrando en el aire que la cabeza de Charlie empezó a dar vueltas. El abuelo Joe fue el primero en decir algo...

—¡Yiiiipiiii! —gritó, y corrió a través de la habitación, tomó a Charlie de las manos y los dos empezaron a bailar a la orilla del río de chocolate.

—¡Iremos, Charlie! —cantaba el abuelo Joe—. ¡Iremos a la Casa Blanca después de todo!

El señor y la señora Bucket también estaban riendo, bailando y cantando, y el señor Wonka corría por toda la sala enseñando orgullosamente la carta a los Oompa-Loompas. Al cabo de un momento, el señor Wonka dio unas palmadas para llamar la atención.

—¡Vamos, vamos! ¡No debemos demorarnos! Vamos, Charlie. ¡Y usted, abuelo Joe! ¡Y ustedes, señor y señora Bucket! ¡El helicóptero está en la puerta! ¡No podemos hacerle esperar!

Y empezó a empujar a los cuatro hacia la puerta.

—¡Eh! —gritó la abuela Georgina desde la cama—. ¿Y nosotros? ¡A nosotros también nos invitaron, no lo olvide!

—¡Decía que los ocho estábamos invitados! —gritó la abuela Josephine.

—¡Y eso me incluye a mí! —añadió el abuelo George.

El señor Wonka se volvió para mirarlos.

—Por supuesto que les incluye —dijo—. Pero no podemos meter esa cama en el helicóptero. No entraría por la puerta.

—¿Quiere usted decir..., quiere usted decir que si no nos levantamos de la cama no podemos ir? —dijo la abuela Georgina.

—Eso es exactamente lo que quiero decir. Sigue caminando, Charlie —susurró, dándole un pequeño empujón—. Sigue caminando hacia la puerta.

De pronto, detrás de ellos, se oyó un frufru de mantas y sábanas y un crujir de muelles y los tres ancianos saltaron de la cama como una explosión. Salieron corriendo detrás del señor Wonka, gritando:

—¡Espérenos! ¡Espérenos!

Era asombroso ver cómo corrían por la gran Sala de Chocolate. El señor Wonka, Charlie y los demás se quedaron mirándoles maravillados. Saltaban a través de los senderos y por encima de los arbustos como gacelas en primavera, con las piernas desnudas al aire y los camisones volando tras ellos.

De pronto, la abuela Josephine frenó tan de golpe que se deslizó a lo largo de cinco metros antes de detenerse.

—¡Esperen! —gritó—. ¡Debemos estar locos! ¡No podemos ir a una fiesta de la Casa Blanca en camisón! ¡No podemos presentarnos prácticamente desnudos ante toda esa gente mientras el presidente nos entrega las medallas!

—¡Ohhhh! —gimió la abuela Georgina—. Oh, ¿qué vamos a hacer?

—¿No tienen ninguna ropa que ponerse? —preguntó el señor Wonka.

—¡Claro que no! —dijo la abuela Josephine—. ¡No hemos salido de esa cama en veinte años!

—¡No podemos ir! —lloriqueó la abuela Georgina—. ¡Tendremos que quedarnos!

—¿No podríamos comprar algo en alguna tienda? —dijo el abuelo George.

—¿Con qué? —dijo la abuela Josephine—. ¡No tenemos dinero!

—¡Dinero! —gritó el señor Wonka—. ¡Por favor, no se preocupen por eso! ¡Yo tengo muchísimo dinero!

—Escuchad —dijo Charlie—. ¿Por qué no le pedimos al piloto del helicóptero que aterrice en el techo de unos grandes almacenes por el camino? ¡Podréis bajar y comprar lo que queráis!

—¡Charlie! —gritó el señor Wonka, tomándole de la mano—. ¿Qué haríamos sin ti? ¡Eres listísimo! ¡Adelante, todo el mundo! ¡Nos vamos a la Casa Blanca!

Se tomaron todos del brazo y salieron bailando de la Sala de Chocolate, a lo largo de los corredores hasta la puerta principal, y salieron fuera, donde el gran helicóptero les esperaba cerca de la entrada de la fábrica. Un grupo de señores de aspecto muy importante se les acercó y se inclinó ante ellos.

—Bueno, Charlie —dijo el abuelo Joe—, ha sido un día muy movido.

—Aún no ha terminado —contestó Charlie, riendo—. Ni siquiera ha empezado todavía.

ÍNDICE

Roald Dahl nació en 1916 en un pueblecito de Gales (Gran Bretaña) llamado Llandaff en el seno de una familia acomodada de origen noruego. A los cuatro años pierde a su padre y a los siete entra por primera vez en contacto con el rígido sistema educativo británico que deja reflejado en algunos de sus libros, por ejemplo, en *Matilda* y en *Boy*.

Terminado el Bachillerato y en contra de las recomendaciones de su madre para que cursara estudios universitarios, empieza a trabajar en la compañía multinacional petrolífera Shell, en África. En este continente le sorprende la Segunda Guerra Mundial. Después de un entrenamiento de ocho meses, se convierte en piloto de aviación en la Royal Air Force; fue derribado en combate y tuvo que pasar seis meses hospitalizado. Después fue destinado a Londres y en Washington empezó a escribir sus aventuras de guerra.

Su entrada en el mundo de la literatura infantil estuvo motivada por los cuentos que narraba a sus cuatro hijos. En 1964 publica su primera obra, *Charlie y la fábrica de chocolate*. Escribió también guiones para películas; concibió a famosos personajes como los Gremlins, y algunas de sus obras han sido llevadas al cine.

Roald Dahl murió en Oxford, a los 74 años de edad.

QUENTIN BLAKE nació en 1932 en la población inglesa de Sidcup. Comenzó a dibujar en sus años de escuela y a los 16 vio publicados sus primeros dibujos en la revista humorística *Punch*. Mientras realizaba estudios de Letras en la Universidad de Cambridge, continuó colaborando con diferentes publicaciones. En 1960 publicó su primer libro. Desde entonces no ha parado de ilustrar libros para niños y también para adultos, algunos de ellos escritos por él mismo. Desde 1965 es profesor del Royal College of Art de Londres. Su dibujo se identifica claramente por su espontaneidad y aparente sencillez. Detrás de su estilo fluido está el talento de un artista genial en cuya obra se conjugan el humor, la ternura y buenas dosis de provocación y sátira. En el mundo de habla hispana, su trabajo ha alcanzado una extraordinaria difusión, principalmente sus ilustraciones de los libros de Roald Dahl, uno de los escritores para niños y jóvenes más leídos y celebrados durante las últimas décadas. El propio Dahl opinaba de su amigo y colaborador: Para mí, [Quentin] es el mejor ilustrador infantil del mundo.